婚約破棄された目隠れ令嬢は白金《はくきん》の竜王に溺愛される

登場人物紹介
エリーゼベアト
ラキスディートの実の妹で、
リオンの世話係。
兄と非常に趣味が似ており、
リオンのことが大好き。
自らの番《つがい》を喪った過去がある。
ラキスディート
世界最強の種族である
竜の国の王。
窮地に立たされたリオンを
救い出したあと、彼女を唯一無二の
番《つがい》と呼び、深く愛する。
リオンに対する独占欲が
ものすごく大きい。
リオン
十年前に両親を亡くし、
義理の家族に虐げられている伯爵令嬢。
深い青の中に光の粒が散ったような、
風変わりな目がコンプレックス。
刺繍をするのが好き。

ヒルデガルド
ロッテンメイヤー伯爵夫妻の娘で、
リオンの義妹。リオンに非常に執着し、
ひどい仕打ちをし続ける。
シャルル
人間の国・アルトゥール王国の
第一王子。
幼い頃からのリオンとの婚約を破棄し、
ヒルデガルドを受け入れる。
イクスフリード
竜王国の宰相。
ラキスディートとは幼馴染で、
親しい間柄。
魔《ま》眼《がん》という特殊な能力を持つ。
カイナルーン
リオン付きの召使のひとりで、
イクスフリードの娘。
リオンを慕っており、
まめまめしく働く。

プロローグ

この手を取ってほしかった。
だれかに、だれでもいいから、もう大丈夫だと言ってほしかった。
この手は、両親を失ったあの日から、だれにも握ってもらえなかった手だ。
だから、救いが来るなんて、本当は思っていなかった。
「――私の、愛《いと》しい番《つがい》に、なにをしている」
金を銀に溶かし込んだような髪色の青年が現れた、このときまでは。

第一章

広い屋敷の中の最も小さな部屋で、リオン・ロッテンメイヤーは家庭教師の話を聞いていた。

義母が、久しぶりに授業を受けさせてくれたからだ。

幼い頃からリオンに辛《つら》く当たる義母や義父は、リオンに令嬢としての教育をなにも受けさせなかった。

けれど、ここ一か月は普通の令嬢がしているようなことをさせてくれる。

だから、ようやく仲良くできるのかもしれない、と、リオンは期待に胸を膨《ふく》らませていた。

リオンは先代のロッテンメイヤー伯爵の娘として生まれて幸せに暮らしていたが、十年前、火事で両親を喪《うしな》ってしまった。

それから爵位を継いだ叔父《おじ》の家に引き取られ、今は義父母、義妹と生活している。お世辞にもいい生活をさせてもらっているとは言えなかったが、悪いひとたちではないのはわかっていた。

リオンは、父と仲が悪かったらしい義父の中にあるわだかまりがなくなれば、いつか仲良くなれると思っている。

昨日、火かき棒を押しつけられた太ももがひりひりと痛んだけれど、リオンはそう信じていた。

そう信じなければ、生きてはいけなかった。

それに、リオンには苦しい日々を耐《た》えられる理由がある。

今は亡き父が取り決めてくれた、第一王子シャルル・ヴィラールとの婚約だ。

リオンの父は生前、宰相《さいしょう》として働いており、国王の信頼が厚かった。

その縁《えん》で、リオンとシャルルとの婚約が結ばれていたのだ。リオンがまだ赤ん坊のときの話である。

シャルルはリオンの初恋のひとだ。そんなひとと結ばれるのは幸せ以外の何物でもない。

だから、辛《つら》いことがあっても、頑張れる。

彼の妻という立場に恥じぬよう、また世話になった義父母の顔に泥《どろ》を塗《ぬ》らないよう、リオンは勉学に勤《いそ》しんでいるのだ。

たとえそれが偏《かたよ》った思想でも、リオンは知ることを幸せだと思っていた。

「――昨日のおさらいですが、竜は高慢《こうまん》な種族なのです。自分たちが上位種だと誇示《こじ》するために、空に住んでいるのですから」

そう言いきる家庭教師を、リオンはチェリーブロンドの長い前髪を揺らして見上げた。

「けれど先生。それは、戦わないためではないでしょうか。ひとのほうが竜より弱いのは……ええと、そうなんでしょう？」

リオンの生まれ育ったここ、アルトゥール王国は、大陸の端に存在し、人間の王を戴《いただ》く国だ。海と山を持ち、大きくはないが決して小さくもない。

だが最近、アルトゥール王国は魔石《ませき》の鉱石の鉱山が見つかり、急速に豊かになった。

魔石は、魔法を使うために必要なエネルギーである魔力の結晶《けっしょう》だ。魔力は限られた生物のみが持っているとされるが、魔石はどういうわけかそれを凝縮《ぎょうしゅく》し、鉱石となったらしい。

もともと魔力を持たぬ存在でも、魔石を壊すことによって魔力を得て、魔法を使えるようになる。風を操《あやつ》り、火を起こし、無から有を生み出すことすらできる万能の力、魔法。

それを使うために必要な魔石は、ほとんどの国で採掘されず、採掘できてもその量はほんのわずかというほど希少なもので、世界中から求められているのだ。

その点で、魔石鉱山があるアルトゥール王国は、ひとの国の中では頭ひとつ飛び出ているといえる。

だが、それはあくまで人間の国、というくくりで見た場合だ。

大きな港を持ち、鉱山も持つアルトゥール王国ではあるが、はるか天空を治める竜の国や、広大な土地と豊かな森を抱《いだ》く獣人《じゅうじん》の国にはかなわない。

そもそも、人間は竜のように魔法が使えるわけでなく、獣人のようにけた外れの身体能力を持っているわけでもない。まず種族の違いという前提から、国の軍事力が弱いのである。

かつては人間と獣人が土地を求め、熾烈《しれつ》な戦争があったらしい。

だが、それを見かねた竜が戦を仲裁するまで、人間の国はほとんどが獣人の属国となっていたのだから、双方の力量差は推して知るべしである。

そんな、人間を圧倒した獣人ですらまったくかなわないのが竜だ。

種としての強者、生態系の頂点に立つ彼ら竜は、数こそ人間や獣人より少ないものの、彼らだけが使える魔法という力で土地を空に浮かせ、人間や獣人からの侵略を阻《はば》んでいるという。

竜は、人間をむやみに傷つけないように、そうしているのではないだろうか。人間が攻めてくれば、防衛のために攻撃せざるを得ないから。

リオンはそう思って答えたのだが、家庭教師は気に入らなかったようだ。

「人間が弱い？」

ぴくり、と家庭教師は眉《まゆ》をひそめ、眼鏡の奥で細いつり目をきゅっと引き上げた。

彼女は、思わずびく、と震えたリオンの腕を捕まえる。そして鞭《むち》でリオンの手を打った。

「あう！」

「人間が弱かったのは、もう数百年も前の話です。今や人間は多くの武器を作りました。人間は圧倒的に多いのです。我らが武器を持ち立ち向かえば、あの高慢《こうまん》な竜や野蛮《やばん》な獣人など敵ではありません」

「けれど……」

「リオンさま？」

なおも言《い》い募《つの》ろうとしたリオンを、家庭教師が鋭《するど》く睨《にら》む。

「……はい、先生」

リオンはひりひりと痛む、服に隠れた腕をさすりながら、静かにそう答えた。

「だいたい、十年前に大暴れして、この国を滅《ほろ》ぼしかけた竜に、人間のような理性などあるわけがありません。おわかりですか？」

「………は、い」

リオンは竜という存在に、昔からずっと親しみを覚えている。会ったこともないのに。

だから竜が貶《おとし》められているのはいやだったけれど、否定しても、また教鞭《きょうべん》で外から見えないところをぶたれるだけだろう。

「まったく。妹君のヒルデガルドさまは、あんなに優秀でいらっしゃるのに。ヒルデガルドさまは竜や獣人の下劣《げれつ》さを、すぐご理解くださいました。リオンさま、あなたとは大違いです」

「……ごめんなさい」

うなだれるリオンに、家庭教師がふん、と鼻を鳴らす。

「竜学者のように、まったくもって愚《おろ》かな思想。先代のロッテンメイヤー伯爵もそうでした。そんなくだらないものを受け継いで。あなたにはヒルデガルドさまとも同じ血が流れているというのに。リオンさま、あなたにヒルデガルドさまのような聡明《そうめい》さがあれば……もうじき王宮で婚約のお披露《ひろ》目《め》があるのですから、それまでに仕上げねばならないのに……」

「わたくしが至らないせいですね、ごめんなさい」

「まったくです」

そのとき、ふいにノックの音がした。

リオンの答えを待たずにドアを開け放ったのは、くるくると巻いた金髪をリボンで二つに結わえた、愛らしい容姿の少女だ。

「ヒルデガルドさま！　どうなされたのです？　こんなところに……」

ここは、最近義父たちに与えられたリオンの部屋だ。日当たりは悪く、狭《せま》い。たしかに質素《しっそ》だけれど、リオンがこれまで住んでいた、みすぼらしい離れとは名ばかりの小屋より、ずっと素晴らしいと思う。

それを簡単に「こんなところ」と言ってしまう家庭教師に、リオンの胸がちくりと痛んだ。

「先生、ここは素敵なお部屋よ。ねえ、お義姉《ねえ》さま」

ヒルデガルドが、にっこりとその愛らしい顔に笑みを作る。

リオンはヒルデガルドがそう言ってくれたことがうれしく、微笑みを返した。

「ありがとう、ヒルダ」

家庭教師はまあ、と頬を染めて、かわいらしい生徒だという表情でヒルデガルドを見つめた。

そのあと、もっとヒルデガルドに感謝すべきだと非難する目でちらりとリオンを見やるのも忘れない。

ヒルデガルドは、これまでずっとリオンのことをいやがっていた。

けれど、婚約式が近づくと、これまでのわだかまりが解けたのか、リオンのことを「お義姉《ねえ》さま」と呼んで慕《した》ってくれるようになったのだ。

だから、リオンはヒルデガルドのことが好きだった。

「まあ、お義姉《ねえ》さま、今日も髪がボサボサよ。あたしが梳《と》かしてあげるわ」

「ありがとう、ヒルダ。でもごめんなさい。今は授業中なの」

「リオンさま、ヒルデガルドさまの厚意を無下《むげ》にするとは何事ですか！　ヒルデガルドさまはあなたのような方にもやさしい、素晴らしい方ですのに！」

家庭教師が憤慨《ふんがい》するのを押しとどめて、ヒルデガルドはゆったりと笑う。

「まあ、素晴らしいだなんて。あたし、そう言ってくれる先生が大好きよ」

「ヒルデガルドさま……！」

感激した様子の家庭教師に微笑んで、ヒルデガルドがリオンの髪をつかむ。それは手櫛《てぐし》でくしけずるというより、引っ張るというようだった。

乱暴な手つきのせいで、リオンのチェリーブロンドの髪がぶちぶちと、数本抜ける。

「あら、お義姉《ねえ》さま、ごめんあそばせ？　悪気はないのよ」

「……いいのよ、ヒルダ」

少しというにはすぎるくらい痛かったけれど、わざとではないのだから怒ることではない。

それに、リオンはこのやさしい義妹を叱《しか》るなどしたくはなかった。

これは、鞭《むち》でぶたれてひりひりとまだ痛む腕に、ヒルデガルドの腕が当たるたびにも思うことだった。

ふいに、ヒルデガルドがリオンの前髪を上げる。

途端、家庭教師がいやそうな顔をして、ヒルデガルドも眉《まゆ》をひそめた。

「やっぱり、お義姉《ねえ》さまの目は気味が悪いわね。青の中に屑《くず》が散っているようだわ」

「ええ、ヒルデガルドさまの美しい空の色とは大違いです」

「……ごめんなさい」

この目は、まだ生きていた頃の両親が褒《ほ》めてくれた目だ。

星屑《ほしくず》をちりばめた夜空の目だと、両親は言ってくれたけれど、たぶん、この気味の悪い目をかわいそうに思ったのだろう。

その証拠《しょうこ》に、今リオンの前髪を掴んでいるやさしいヒルデガルドは唇を曲げているし、家庭教師は口元を押さえて顔を背《そむ》けている。

リオンの目を見たひとは、一様にこのような反応をした。

リオンの目は、ひとを不快にするのだ。

だからリオンは前髪を伸ばし、その目を隠しているのだった。

「ごめんなさい、気持ちが悪いわね。すぐに隠すわ。……ヒルダ、放してくれる？」

「ああ、そうね、悪かったわ、お義姉《ねえ》さま。気持ちの悪いところを曝《さら》したりして」

ヒルデガルドがリオンの前髪をパッと放す。ヒルデガルドの指に絡んだ前髪がぶちぶちと抜ける音と同時に、鋭《するど》い痛みが頭皮に走った。

「痛ッ」

「あら、汚い」

ヒルデガルドがリオンの髪を払って顔を歪《ゆが》める。

そんな風にするほど、自分の髪は汚いだろうか。昨日もバスタブで体を洗ってもらったのに。

スポンジでこすられた体は、多少の擦《す》り傷《きず》はあれど綺麗なはずで、当然髪も綺麗なはずだった。

「ヒルダ……えっと……」

「お義姉《ねえ》さま、なにかしら」

ヒルデガルドは、やはり愛らしい顔で微笑んだ。

だからリオンはゆるゆるとかぶりを振って、なんでも、と隠れた目を細める。

こんなに愛らしいヒルデガルドが、自分を疎《うと》んでいるなんて気のせいだと思って。

「あ、そうだわ、お義姉《ねえ》さま！」

唐突に、ヒルデガルドが両の手を打った。

目を細め、幸せな少女の顔をして、リオンに笑いかける。

「お義姉《ねえ》さまのエメラルドのネックレス、あたしに貸してくれないかしら？　明日出かけるときに着けていきたいのよ」

「こ、これは……」

ヒルデガルドの言うエメラルドのネックレスとは、リオンが亡き母から受け継いだ形見のことだ。

財産も爵位も、宝石もドレスも義母や義父に持っていかれてしまったリオンにとって、唯一残された両親との思い出と言ってもよかった。

「これは、貸せないの、ごめんなさい」

「ええ、どうして⁉」

リオンの言葉に、ヒルデガルドの目がみるみる潤《うる》んでいく。

どうして自分の思い通りにならないのか心底疑問に思っている様子で、ヒルデガルドは両手で顔を覆《おお》った。

家庭教師が怒《いか》りの声を上げる。その相手はもちろん、リオンだ。

「リオンさま！　アクセサリーひとつ、どうしてヒルデガルドさまに貸さないのですか！　まったく……ロッテンメイヤー家の居候《いそうろう》にすぎないあなたに、こんなにやさしいヒルデガルドさまへの恩をあだで返すようなことを……」

家庭教師が、鞭《むち》でリオンの手を打った。風を切ってしなる鞭《むち》は、寸分たがわずリオンを痛めつける。

思わず顔をしかめたリオンに、家庭教師が侮蔑《ぶべつ》の言葉を投げかけた。

「まったく、貴族の血が流れていながら、アクセサリーひとつを惜《お》しむとは……なんて卑《いや》しい人間なんでしょう。ヒルデガルドさま、お気になさいますな」

「あら、いいのよ先生。お義姉《ねえ》さまがどんなひとでも、あたしたちは姉妹ですものね。仲良くするのは当たり前だわ」

「ヒルデガルドさま……！」

家庭教師が感極《かんきわ》まって瞳を輝かせる。

リオンは、どうして自分とヒルデガルドはこんなに違うのだろうかと、ふと思った。

愛らしく、みんなに愛されるヒルデガルドと、汚《きたな》らしい目を持ち、だれからも疎《うと》まれるリオン。

愛されたいと思う。けれど、すぐにあきらめた。それが無理な話なのはわかっていたから。

「卑《いや》しい方でも、血の繋《つな》がった親族ですもの。ね」

「……ありがとう、ヒルダ」

卑《いや》しいなんて言われたくはない。本当は、こんな目を向けられたくはない。けれど、やっぱりヒルデガルドに、ありがとう、以外を伝えることは、どうにもできそうになかった。

「でも、感謝するなら、やっぱりいただいていくわね。大丈夫、きちんと返すわ」

突然、ヒルデガルドがリオンを突き飛ばす。そして、リオンの首にかかっている小さなエメラルドを握った。

家庭教師が心得たような動きでネックレスの留め具を外す。それはヒルデガルドの手の中におさまって、リオンの首から離れていってしまった。

「ヒルダ！」

「あら、いやだ、怖いわ。お義姉《ねえ》さま」

「リオンさま！　令嬢が大声を出すなど、はしたない！」

家庭教師の声に、ひ、と喉《のど》から息が漏れた。

そのすきに、ヒルデガルドは楽しそうに笑いながら、部屋のドアを開けて出ていく。

それを目で追い、じしんもヒルデガルドの後を追おうとするが、それはかなわなかった。

「リオンさま、授業中です」

家庭教師が、その行く道を遮《さえぎ》り、もう一度リオンを打たんと、鞭《むち》を振りかぶる。それを、リオンは真っ白になった頭で眺めることしかできない。

あのネックレスだけは、大切なものなのに。音なき声が、頭の中で響く。

たぶん、それはリオンの叫びだった。

それからの授業は、よく覚えていない。はっと我に返ったときには、もう家庭教師が帰ったあとだった。

ヒルデガルドを追いかけようとしたリオンを見て、家のメイドたちはひそひそと話しながら笑う。

おそらく、また家庭教師が、リオンは不出来だと言って回ったのだろう。

仕方ないことだ。自分が出来損《できそこ》ないなのは、本当のことだから。

リオンはとぼとぼと部屋に戻る。窓の外を見ると、雨が降っていた。

授業のあとは、義母の言いつけを守って刺繍《ししゅう》をする。

伯爵家の資金は潤沢《じゅんたく》だが、実の子ではないリオンの食べる分は自分で稼《かせ》ぐべきだという義理の両親の方針で、売るものを作らなければならないからだ。

特に、いやだと思うことはなかった。殴《なぐ》られたり、鞭《むち》で打たれたりするよりずっとましだし、なによりリオンは刺繍《ししゅう》が好きだったから。

亡き母から教わった刺繍《ししゅう》の技術と図案は、リオンの心を弾《はず》ませてくれる。

ひと針ひと針、丁寧《ていねい》に刺していくうちに、みずみずしい花だったり、空を飛ぶ鳥だったり、木の実を食むリスだったりが布の上に現れていく。

鼻歌を歌いながら、常に日当たりの悪い部屋で、たったひとりで針を動かす。

ひとりでいるのは落ち着く。だれにも、この汚《きたな》らしい目を見せる心配がないから。

今刺しているのは、伯爵家に伝わる伝統的な図案だ。サクラ、という、東の国にのみ咲く花をかたどったものらしい。アーモンドの花に似たこの花は薄いピンクで、色が少しだけ、リオンの髪に似ていた。

「……サクラ。どんな花かしら。見てみたいわ」

枝は茶色だ。枝の中に丸い模様《もよう》を描いて、今にも花開かんとする、生命力あふれる蕾《つぼみ》を刺繍《ししゅう》する。

仕上げに糸をはさみで切って、広げて確認する。自分でも満足のいく仕上がりだった。

この布は、ハンカチにしよう。

隅《すみ》に大きく刺繍《ししゅう》をしたから、レースで縁取《ふちど》れば、きっと素敵なハンカチになるだろう。

それを使うのはリオンではないけれど、買ってくれたひとが大切にしてくれればうれしいと思った。

「リオン！」

突然、どん！　と、乱暴にドアが開け放たれる。

床がみしみしと音を立てて、リオンは目をぱちぱちとしばたたいた。

「お義母《かあ》さま、どうなさったのですか？」

「どうしたもこうしたもないわよ、刺繍《ししゅう》ひとつにどれだけ時間をかけているの。まったく、作業が遅いのは出来損《できそこ》ないの証《あかし》ね。先代の伯爵も、とんだお荷物を置いていってくれたものだわ」

「……ごめんなさい、お義母《かあ》さま、すぐに仕上げますから、どうか、お父さまのことを悪く言わないで……」

父のことをそんな風に言われるのは辛《つら》い。リオンが懇願《こんがん》するように言うと、義母――マノンはふんと鼻を鳴らしてリオンの手の中にあるものをひったくった。

「これ？　できたなら早く渡しなさい！」

マノンはその刺繍《ししゅう》を見て、おやっという顔をする。しかし、またぎゅっと顔をしかめて、呆《あき》れ返《かえ》ったようにリオンをなじった。

「この程度の刺繍《ししゅう》に、こんなに時間をかけているの。かわいいヒルダならもっと早く、綺麗な刺繍《ししゅう》ができるわよ」

「そうですか……」

じしんが刺繍《ししゅう》の名手だとは思っていないけれど、そこまで言われるほど稚拙《ちせつ》なものだったのか。渾身《こんしん》の力作だっただけに、リオンは目線を下に向けた。

「精進《しょうじん》いたします。お義母《かあ》さま」

「ええ、そうなさい。こっちだって、好き好んであなたを養ってあげているわけではないのですからね。自分の食べる分くらい、自分で稼《かせ》ぎなさい」

「はい、お義母《かあ》さま」

その答えに、不機嫌《ふきげん》そうに鼻を鳴らしたマノンは、また大きな音を立てて部屋から出ていった。

その手には、リオンが刺したばかりの刺繍布《ししゅうぬの》が握られたままだった。

結局、レースのハンカチにすることはできなかったな、とリオンはため息をつく。

「悪い、ひとではないのよ、リオン。そう、お義母《かあ》さまとだって、いつか理解し合えるわ……」

雨の音がする。新たな布を手に取るリオンのそのつぶやきが、だれかに聞かれることはなかった。

◆　◆　◆

一方、リオンの部屋から出たマノンは上機嫌《じょうきげん》だった。

またあの忌々《いまいま》しいリオンから、ひとつ刺繍《ししゅう》をせしめてやった。リオンの刺繍《ししゅう》はよい値になる。

とくに今回の刺繍《ししゅう》は上出来だ。

夫が伯爵家を継いでからというもの、このロッテンメイヤー家の家計は火の車だった。

それも当然だ。領地経営などしたことのない夫のダニエルは、すべてを執事に丸投げしており、
先代の伯爵の財産で飲んだくれてばかり。マノンも当然相伴《しょうばん》にあずかって、ドレスや宝石を新調
しているが。

ヒルデガルドのドレスにもお金がかかるし、貴族になってから覚えた美食などとにかく物入りだ。

そこでマノンが目をつけたのが、リオンの刺繍《ししゅう》だった。

今手に持っているこれひとつでも、向こう一か月は裕福な生活が送れるだろう。

「ヒルダ！　また新しい刺繍布《ししゅうぬの》を持ってきたわよ」

「お母さま！　ありがとう。これは、あたしが刺した刺繍ね？」

「もちろん。ヒルデガルド・ロッテンメイヤーは刺繍《ししゅう》の名手ですからね」

リオンの刺繍《ししゅう》を、ヒルデガルドのものと偽《いつわ》って売る行為は、とてもうまくいっている。

刺繍《ししゅう》は貴族女性のたしなみであるし、上等な刺繍小物《ししゅうこもの》は収集家がいるくらいに人気がある。

刺繍《ししゅう》がうまい女性は、それだけで結婚相手に困らないくらいだ。

おかげで伯爵家の財布を潤《うるお》すだけでなく、ヒルデガルドの評判もうなぎのぼりである。

それに、つい最近、この『ヒルデガルドの刺繍《ししゅう》』の小物を、とても高い値段で買ってくれる上客ができた。

顔は見せないが、見えている部分から推察するに、白金《はくきん》の髪をしている背の高い男だ。

怪《あや》しい男だが、金のある好事家《こうずか》なのだろう。この男にひとつ売るだけで、酒も宝石も浴びるほど買える金額になる。まったくもって、いい商売である。

「あら、この刺繍《ししゅう》はアーモンドね？　これはポーチにしましょうか」

「いい考えね、ヒルダ」

ヒルデガルドはサクラをアーモンドと言いきると裁縫箱《さいほうばこ》を開け、すでに糸の通された針で、刺繍《ししゅう》布《ぬの》を刺した。

ぐしぐしと縫《ぬ》っていくその手つきは危なっかしく、縫《ぬ》い目《め》もばらばらだ。

「ねえ、お母さま。明日のことがうまくいったら、お義姉《ねえ》さまをあたし専用のお針子にしてもいいかしら」

「うまくいったらではなく、うまくいくのよ、かわいいヒルダ。そうねえ。それなら、ヒルダがこれからもこの刺繍布《ししゅうぬの》を売ることができるものねえ。あの娘がなにか言ったとしても、ただのお針子の言葉なんてだれも信じやしないわ」

うふふ、とふたりで顔を合わせて笑う母子の顔は、いつの間にか醜悪《しゅうあく》な嘲《あざけ》りに染まっている。

楽しい生活だと、ふたりは笑った。

◆　◆　◆

刺繍《ししゅう》をしたあと、ぼんやりしていると、いつの間にか夕日が差し込んでいた。

リオンはゆっくりとした足取りで食堂へ向かう。

いつも夕食は、リオンだけ別の部屋で食べることになっている。リオンはそれでもよかった。

少し寂しいけれど、義理の家族の団欒《だんらん》を邪魔する気にはなれなかったし、なにより、ひとりでいるのは心が安らいだ。

だから、というべきか。珍《めずら》しく晩餐《ばんさん》の席に呼ばれたリオンは、義父母たちが普段こんなに豪華な食事をしていることを知らなかった。

前菜のスープは濃厚で、小麦のパンはふわふわ。

しっとりと焼き上げられた子羊のローストにはたっぷりの色鮮《いろあざ》やかなソースがかかっており、高価な香辛料《こうしんりょう》がこれでもかというほどきいている。

デザートまで出されたが、リオンは遠慮した。

久しぶりのボリュームのある食事はリオンの胃には辛《つら》かったし、香辛料《こうしんりょう》で口の中がヒリヒリしていたからだ。

ヒルデガルドや義母は、デザートのカスタードプディングまでぺろりと平らげていた。

「今日お前を呼び出したのには、わけがある」

でっぷりと太った義父が、ワインをかぱかぱと飲みながら、リオンへと声をかけた。

今このときまで、義母やヒルデガルドとしか話さなかったのに、突然。

彼は肉に埋《う》もれそうな細い目でリオンを上から下まで見つめ、厭《いと》わしそうに鼻を鳴らす。

「婚約披露《ひろう》のパーティーが明日になった。準備をしておけ」

「それは……」

リオンは不思議に思って、長い前髪の隙間から義父を見つめた。

「それは、急ではありませんか？」

「なんだ、いやなのか」

ワインを口からこぼしながら、義父はじとりとリオンを見やる。

婚約の披露《ひろう》が早まるの自体はうれしいと思ったから、リオンは口を笑みの形にした。

「いいえ、シャルルさまと早くに結婚できるのは、とてもうれしいですわ」

「お義姉《ねえ》さまは、シャルルさまがとてもとても好きでいらっしゃるからね」

どこか嘲《あざけ》るような顔で、ヒルデガルドが口を挟《はさ》んだ。

リオンはヒルデガルドの表情に対してそう思ったのを恥じたけれど、どうしてもそう見えてしまった。

エメラルドのネックレスを持っていかれてしまったのが、結構なショックだったのだろう。

自答しながら、リオンはヒルデガルドにうなずいた。

「ええ、初恋なの」

幼い日の花畑で。リオンは花冠《はなかんむり》を作って、彼の頭にのせた。遊ぶたびに「必ず迎えに来る」と言ってくれた、白金《はくきん》の髪の少年を思い出す。

あれから十年。リオンは十八歳になった。

シャルルは、どんな王子さまになっているだろう。

「初恋！」

どっと笑いが場に満ちた。

ダニエルは腹を揺らし、マノンはひいひいと苦しそうに、ヒルデガルドに至っては椅子から落ちんばかりに体をよじって笑っていた。

「どうしたの？」

リオンの質問に、三人はにやにやと笑みを深めるだけだ。

後ろに控える給仕が、痛ましそうな目をしているのが印象的だった。彼は、両親が生きていた頃から働いている、数少ない使用人のひとりだ。

本当は、もうこのときには、リオンは自分の身に起こっていることに気づいていたのかもしれない。

ただ、そこにあるはずの幸せを信じてすがっていた。

それだけ、愚《おろ》かだった。

その日の夜、リオンは夢を見た。

リオンが幼い頃からよく見る夢だ。シャルルに恋をしたきっかけの、大切な思い出。

幼いリオンと、太陽の光で金にも銀にも見える髪の少年が、花畑で遊んでいる。

「リオン、私の愛《いと》しいひと」

「もう、大人ぶっちゃって」

リオンがそう言って笑うと、少年も同じように笑って言う。

「そりゃあ、私は君よりずっと年上だもの」

「うそ、わたくしと同じくらいの背じゃない」

「君に合わせているんだよ」

「あなたは魔法使いみたいなことを言うのね」

「魔法使いだからね」

「うふふ。あのね、魔法っていうのは、竜にしか使えないのよ？」

「さすが、リオンは物知りだ」

少年はうれしげな、そしてリオンが愛《いと》しくてならないといった表情をする。そしてリオンの前髪を上げて、その額《ひたい》に口付けた。

「けれどね、リオン、私の愛《いと》しいひと。私の唯一。君だって魔法を使えるんだよ」

「えっ？」

リオンは目をしばたたいた。だってリオンはただの人間だ。魔法なんて使い方も知らないし、使うための力もない。

「わたくし、魔法なんて使えないわよ？」

「使えるよ」

白金《はくきん》の髪をした少年は、黄金の目をきらきら輝かせ、リオンの指に自分のそれを絡ませた。

「リオン、私の番《つがい》。君の目は、私が君を見つける目印《めじるし》で、君の声は、私を幸せにする歌で、君の存在は、私をこの世界で最強にしてくれる。私は君が、心底愛《いと》しい」

少年が黄金の目を細めて笑う。リオンの頬が染まる。

それを見て、少年が言った。

「リオン、必ず君を迎えに来る。私の花嫁として。君をこの世の悪意あるすべてから守り、君をこの世で最も愛する。だから誓っておくれ、リオン」

少年は、リオンの瞳に自分を映した。

「君のこの目を、君は愛して。君の目は欠陥品《けっかんひん》じゃない。私の愛する君の、大切な体の一部。星屑《ほしくず》の瞳なのだから」

次の瞬間、視点が移り変わる。

——いやだ、見たくない。やさしい思い出だけを見ていたいのに。

そう思いながらも、リオンはいつも目をそらせない。

炎《ほのお》がなにかを包んでいる。なにかが燃えている。

リオンの大切なものが燃えていた。

「お母さま!!　お父さま!!」

幼いリオンが泣きながら、口から血を吐くほど叫んでいる。その体は、だれかに押さえつけられていた。

「離して！　お母さまが！　お父さまが！　まだ中にいるの！」

「だめだ。リオン。君だけは失えない。もう、父君も母君も助からない」

「お願い！　離して！」

「ごめん、リオン、ごめんね……」

だれかは泣いていた。怪我《けが》をしているような声だった。リオンと同じくらい、悲痛なものに思えた。

そのだれかが、ふっとリオンの目に手をかぶせる。

「リオン、忘れて。もう苦しまないで。これは私の勝手だ。君が悲しんでいるのが、なにより苦しい私の勝手だ」

きらきらとした光が、炎《ほのお》の赤を塗《ぬ》りつぶしていく。

リオンの視界が暗くなる。

暗い視界の中で、ただ、ただ、一筋の白金《はくきん》だけが、輝いて見えた。

「リオン、それでも君を、愛しているよ」

その声は、リオンの想像だろうか。そう、聞こえたような気がして。

それを最後に、リオンの意識は朝日に溶け出した。

古びたカーテンの隙間から雨上がりの太陽の光が漏れてきて、リオンはゆるゆると目を開ける。

つう、と涙が頬を伝うのを感じて、リオンはカーテンに遮《さえぎ》られた窓の向こうをぼんやりと見た。

「また、この夢……」

この夢はいつも、花畑の場面が一変し、視界が黒く染まるところで終わる。

いいや、終わるというのは語弊《ごへい》がある。

正確には、そこまでしか覚えていられないのだ。

そのあと、なにか大切なことがあるはずなのに、目が覚めると忘れてしまう。

残るのは幸せな初恋の記憶と、胸が締めつけられるような、理由のわからぬ悲しみだけだ。

「シャルルさま……」

夢の中で、少年はリオンの目を綺麗だと言った。

大人になったリオンは、この目が好きではない。

少年──シャルルは、今のリオンを見てどう思うのだろう。

シャルルが好きだ、とても好きだ。

この十年間、会ったことはないけれど、あの少年はこの国の第一王子であるシャルルだとわかる。

わかるはずだ。

そうでなくては、白金《はくきん》の髪だけしか記憶にない、この夢にすがった意味がなくなってしまう。

「シャルルさまに、会えば」

今日、シャルルに再会する。顔は知っている。絵姿で何度も見た。

記憶のシャルルは顔がぼやけてよく見えないけれど、脳裏《のうり》で煌《きら》めく光の粉のようななにかが、彼をシャルルだと思わねばならないと告げるのだ。

だからシャルルに会えば、この言いようのない苦しみから解放されるに違いない。

境遇も、義理の家族に受けた行為も、侮蔑《ぶべつ》の視線も、すべてよいものに変換できる。

自分は苦しみなど覚えていない。幸せな花嫁になる。

そうだ。リオンは苦しいことなどなにも覚えていないのだから。

――忘れて、リオン。

頭の中で、だれかの声がした。

「リオンさま、おはようございます」

ぼんやりしたままベッドに座り込むリオンの応《こた》えを待つことなく、ひとりのメイドが部屋に入ってきた。リオンの世話を命じられているメイドだ。

表面上はにこやかに接してくれるが、この間、「リオンの世話はいやだ、ヒルデガルド付きになりたかった」と話しているのを聞いてからは、彼女を積極的に頼ることをやめていた。

せめて、ヒルデガルドを支えるための時間を増やしてあげたいと思ったのだ。

幸い、リオンに与えられている服は、ヒルデガルドのお下がりの簡素なワンピースのみであったため、ひとりでも脱ぎ着に困ることはなかった。

そういったわけで、リオンのもとに、このメイドが来ることは滅多《めった》にない。それが、わざわざ起こしに来るためだけに、ここにやってくるとは思えなかった。

「……おはよう。ごめんなさい、もうそんな時間なのね。今日は、どうしたの？」

「お忘れですか、リオンさま。今日はリオンさまの婚約……婚約、お披露目《ひろめ》の日です」

なにか言《い》い淀《よど》んだのが気になったが、このメイドがリオンをいやがっているせいだと解釈した。

「覚えているわ。大丈夫よ、起きているでしょう？　けれど、こんなに早く準備をするの？」

「もちろんです。リオンさまには最高級のものを、と奥さまと旦那さまから任せられていますので」

メイドはそう言いきって、扉を大きく開けた。

その向こうには、たくさんのメイドがいた。

真っ赤な布地に金糸《きんし》で刺繍《ししゅう》されたた豪華なドレスを抱《かか》える者や、絢爛《けんらん》な宝石類の詰まった箱を持っている者……様々な髪飾りや、化粧道具も揃《そろ》っている。

それぞれが、リオンの目から見ても、たしかに高価だとわかるものであった。

ただ、リオンの趣味とは違う……というか、かなり、けばけばしい。

「リオンさま、動かないでください」

「ヒルデガルドお嬢さまなら、もっとお似合いになりますが……まあ、こんなものでしょっ」

「ぷっ……先輩、これはさすがに……」

「いいえ、いいえ、これが流行なのですよ」

メイドたちが囁《ささや》く。本当にこれが流行の服装なのか少しだけ不安になったけれど、社交界を知らぬリオンはうなずくほかない。

それになにより、リオンはうれしかったのだ。今まで義理の両親に嫌われていると思っていたから。

ついに歩み寄れたのだと思った。リオンのためにたくさんの用意をしてくれた彼らに感謝をした。

だから、その不安は彼らへの不義理だと思った。

リオンは長く下ろしたままの前髪の奥で、にっこりと笑う。

「ありがとう、みんな。とても素敵ね」

メイドたちは笑顔になって礼をとったから、これできっと間違っていない。

リオンは、片付けをし出したメイドたちのだれにも伴《ともな》われることのないまま、階下の玄関ホールへ下りる。そこには、すでにヒルデガルドがいた。

「まあ、お義姉《ねえ》さま。とっても素敵な格好ね」

「ありがとう、ヒルダ。あなたにそう言ってもらえてうれしいわ」

「お義姉《ねえ》さまにはよく似合っているわ。あたしが選んだのよ」

「まあ」

リオンは口元を綻《ほころ》ばせた。ヒルデガルドともこんなに打ち解けられたのだと思って。

脳裏《のうり》に警鐘《けいしょう》が響くけれど、それは無視した。

「さ、王宮へ向かいますよ」

「さっさと乗りなさい」

義母と義父が、リオンを促《うなが》す。

リオンは、けばけばしく毒々しい深紅《しんく》のドレスに身を包み、滑稽《こっけい》なほど高く結い上げた髪にがちゃつく宝石をちりばめて、馬車に乗り込んだ。

「いってらっしゃいませ。旦那さま、奥さま、ヒルデガルドお嬢さま……リオンさま」

家令がリオンたちを送り出す。どうやらまた家令が変わったらしく、新しく見る男性だった。

リオンは微笑んで、ヒルデガルドに向き直る。

ぎり、と歯噛みする音がして、リオンは首を傾げた。

険《けわ》しい表情をしていたヒルデガルドは、リオンの視線に気づくなり、わざとらしいほどにっこり笑い返してくる。

彼女の首元には、リオンの母の形見であるエメラルドのネックレスが輝いていた。

「ヒルダ、わたくしのネックレスを、あとで返してね。お披露目《ひろめ》のときに、持っていたいの」

リオンがそう言ったとき、ヒルデガルドの口がたしかに歪《ゆが》んだ。それを、リオンは見た。

そうして、ああ、と思った。

「もちろんよ、きっと、返すわ」

「ありがとう。ヒルダ。きっとよ」

ヒルデガルドを信じたい。けれど、本当のところは、リオンの望まぬことになるのだろう。

それでも、リオンはどうにかしようとは思えなかった。

愚直《ぐちょく》に信じた先に、絶望があるのなら、それでもいいかとさえ思った。

馬車に揺られ王宮へ着くと、リオンは義父に引きずられるようにして大広間に連れていかれた。

普通、婚約のお披露目《ひろめ》は夜会のような華々しい場で行《おこな》われる。昼間から夜会なんてあるはずがない。

だから、ここはリオンにとっての処刑台なのだった。

たどり着いた部屋には、たくさんのひとがいた。

その中心に、立っているのは。

「シャルル、さま」

か細い声が、口からこぼれ出る。

彼はリオンがこれまで見たことのないほど整った顔立ちをした、美しい青年だ。けれど、夢にまで見たシャルルの姿とあまりに違って、リオンは困惑《こんわく》した。

青い目をした美丈夫は、貴族の若者たちを従えてリオンを見下すように見ている。

そうして、心底軽蔑《けいべつ》したという顔でこう言った。

「リオン・ロッテンメイヤー伯爵令嬢。……いいや、もう、元伯爵令嬢か。リオン、君との婚約は破棄させてもらう」

衆目の中、じしんの婚約者から放たれた言葉に、リオンはめまいを覚えた。

ぱち、ぱちと、長い前髪で隠された目をしばたたいて、これが現実でないことを祈って。それでもやっぱりこれは現実で——

ぐらぐらする頭を押さえ、回る視界に耐《た》え、それでもゆっくり口を開く。

「……シャルルさま。わたくしに、なにか至らないところがございましたか」

「なにか、だと？　しらじらしい。君が義理の妹であるヒルデガルドを何年も苛《いじ》めていたというのは、この国の社交界では皆が知るところだ」

そう言って、シャルルはまるで汚《きたな》らしいものを見るような目でリオンを見た。

「わたくし、は、そんなことを、しておりません」

声がつっかえたのは、背後から義理の両親の視線を感じたからだ。

しかし、シャルルは後ろめたいことがあるせいだと思ったのだろう。それ見たことかと言いたげに、リオンを睥睨《へいげい》した。

「ならば、なぜ声が震える？　恥じることがないなら堂々としていればいい。できないのは、君に非があるから。違うか？」

「……あ」

違う、と言いたい。だって本当に違う。

自分はヒルデガルドを苛《いじ》めてなんていないし、シャルルに隠すことなどなにもない。神に誓って言える。

それでも、リオンに用意された現実はなにより残酷《ざんこく》だった。

「ちが、い、ます」

声が震える。言いきることはできた。だけど、こんな状況では、最悪の挙動だ。

震える声で立ち竦《すく》む、赤毛の華奢《きゃしゃ》な少女。それだけならまだましだった。

今、リオンの体は、けばけばしいドレスと、重たい高価な宝石に包まれている。その上、長い前髪で隠された、顔の上半分。怪《あや》しんでくれと言わんばかりだ。

普段社交界に出ないリオンを、知っている人間は少ない。

義父母が、突然リオンに華美《かび》なものを与えたのは、こういうことだったのだ。

やっぱりという気持ちと、しんしんと降り積もるような絶望が、リオンの足元をぐらつかせる。

シャルルは、リオンをなおも責め立てた。

「違うわけがない。かわいそうなヒルダを苛《いじ》め、ドレスを奪い、宝石を奪い、下働きのような仕事をさせていたというではないか」

「そんな、ことは——」

「していない、とは言わせない。だいたい、君の姿を見ればわかる。目を隠して……やましいことをしているというなによりの証拠《しょうこ》だ」

リオンのあがきにも似た弁明は、周囲の人々の発するざわめきにかき消される。

リオンの声は、だれにもとどかない。

大きく息を吸うと、背中にある腫《は》れが痛んだ。以前義父に戯《たわむ》れに鞭打《むちう》たれてできたものだ。

喉《のど》が引きつれた音を漏らす。

「本当に、本当に、ち、ちがうの、です」

リオンはやっとのことで声を出す。背後から、責めるような義理の両親の視線を感じた。

それでもようやく言えたリオンの意志は、最後に信じていたひと——ヒルデガルドによって、簡単にはねのけられた。

タイミングを計ったように、たたた、とヒルデガルドがシャルルに駆け寄る。

シャルルは両手を広げて彼女を迎え、当然のように抱き締めた。

「シャルルさまぁ、シャルルさまが助けてくださらなければ、あたし、きっと死んでいましたわ……」

「ああ、ヒルダ。恐ろしかったな。もう大丈夫だ。君をもうリオンの手には触《ふ》れさせないから」

ヒルデガルドを慰《なぐさ》めるシャルルの青い目が、リオンを睨《にら》んだ。もはや憎《にく》しみすらこもっている。

金の髪が、大広間のシャンデリアの光に照らされる。

彼は、正義をもって悪女を断罪する、高潔な騎士のように見えた。

少しだけでも、通じ合っていると思っていた。

初恋の少年。幼いリオンを、だれの手からも救うと言ってくれたひと。

今やその腕はリオンではない相手を支え、その目はリオンを睨《にら》み据《す》え、その唇はリオンをなじるものになった。

シャルルの、光の加減で銀に見える髪と青い目が好きだった。

——本当に？

彼は言った。「必ず、君を迎えに来るよ」と。

青い目がやさしく細まって、リオンの前髪をかき上げていた。

——青い目？

脳裏《のうり》によぎる輝かしい金の色が、リオンをますます混乱させる。

「シャルル王子殿下。わたくしどももこの娘には苦しめられてきました。たび重なる浪費を窘《たしな》めても、先代の伯爵の威光を笠《かさ》に着て……」

その声とともに、だれかがリオンの肩を強い力でつかむ。

振り返るとそれは義父で、気づけば反対側には義母が立っていた。

背中が痛む。恐怖と、そして悲しみのあまり倒れそうだ。

周囲はきっと、リオンの側《そば》に立つ彼らを、勇気をもって義理の娘の悪事を告発した親だと思っているのだろう。

違うのに、違うのに。

リオンの処刑台は、残酷《ざんこく》だ。

貴族の声が響く。リオンを国外に追放するらしい。

リオンはもはや完全に、絵に描いたような悪役だった。

悪意ばかりが渦巻《うずま》くこの場で、ヒルデガルドが駆け寄ってくる。そして、不意にリオンの手を取った。

それを見たシャルルが、眉間《みけん》にしわを寄せ、厳しい大声を上げる。

「ヒルダ、そんな女に情《なさ》けをかける必要なんてない！」

「いいえ、シャルルさま。こんなひとでも、あたしの義姉《あね》ですもの。最後の言葉くらい、かけさせてくださいな」

「なんとやさしい……ヒルダ、君はリオンと大違いだ。女神のような君を、僕は愛している」

「シャルルさま……」

ヒルデガルドは一度シャルルのほうを振り返り、うっとりと両の手を組む。

そうしてわざとらしく、衆目の中、リオンにやさしい声をかけた。

「お義姉《ねえ》さま。あたし、お義姉《ねえ》さまと最後までわかり合えませんでしたけれど、お義姉《ねえ》さまのことが大好きでしたわ……本当に」

なんと慈悲深《じひぶか》い……まさに未来の王妃だ！　なんて歓声が上がって、小さな声がかき消されていく。ヒルデガルドは、リオンに顔を近づけて、にたぁ、と心から嘲《あざけ》るように笑った。

「本当に、ばかなお義姉《ねえ》さま。やさしいだけで幸せになれるなんて、おとぎ話の中だけに決まってるじゃない」

「……ヒルダ……」

かわいい妹だった。ずっと、いつか仲良くなれると信じていた。

けれど、こんな結末を、つきつけられた。

——それでも、信じたことを後悔はしていない。

目に涙が盛り上がる。けれど、リオンはせめて後悔しないと決めた。

だが、現実はそれを打《う》ち砕《くだ》いた。

ぽろりと涙を流したリオンの手に、なにかとがったものが押しつけられる。鋭《するど》い痛みでリオンは顔をしかめた。手を開いた、そこには。

「これ、おかあ、さまの」

「ちょっと踏んだら、簡単に割れちゃったわぁ。ふふ、安物はだめねぇ」

ヒルデガルドに奪われた、エメラルドのネックレス。

大切なそれが、無残《むざん》な姿でリオンの手にのっていた。

「あ、ああ、あ、あ」

嗚咽《おえつ》の声がこぼれる。周囲はそれを、「今更後悔するなんて」となじった。

家族を失い、宝物を奪われ、婚約者を奪われ、誇《ほこ》りすら打ち捨てられて。

今になって、やっとリオンは自分の選択の愚《おろ》かさを知った。

リオンは、どこともなく、虚空《こくう》へ手を伸ばす。

ヒルデガルドは天使のような愛らしい顔で悪辣《あくらつ》に微笑み、表向きには悲しそうに、その実心の底から楽しそうに、口に手を当てる。

「この、ロッテンメイヤー元伯爵令嬢、リオンを国外追放とする！」

シャルル・ヴィラール王子の英断に、歓声が上がった。

義理の両親はリオンの肩を押さえつけて嗤《わら》う。

ヒルデガルドは楽しそうに目を細める。

この中に、救いがあるなんて思えない。それでも。

「だれか……助けて……」

リオンは、初めて伸ばした手を、だれかに取ってほしかった。

両親を失った日から、リオンはだれにも救いを求めなかった。

義理の家族を信じようとしながらも、心のどこかであきらめていたから。

リオンは目を閉じる。伸ばした手から力が抜けた。

そのときだった。

「——私の、愛《いと》しい番《つがい》に、なにをしている」

金を銀に溶かし込んだような髪色の青年が、リオンの手を取っていた。

その場のすべてが霞《かす》むほどに麗《うるわ》しい彼は、いつの間にかリオンを抱き締めている。

そして、その長い髪で守るように、リオンの姿を煌《きら》めく白金《はくきん》のカーテンに閉じ込めた。

どこか慕《した》わしい黄金の目が、リオンの記憶の奥底をくすぐる。

集まった貴族のひとりが、突然その場に現れた青年の姿を見てなにかに気づき、悲鳴を上げながら扉へ走り出した。

その男が、扉を押す。しかし、鍵はかかっていないはずなのに、まるで一枚の壁のように微動だにしない。

だれかが、ひ、と小さく悲鳴を上げる。そして、この世で最も恐ろしいものを見たかのように、魔法だ、とつぶやいた。

——魔法。

それは、生態系の頂点、この世界の支配者たる生き物——竜にのみ使うことを許された異能。

奇跡の力。人間には決して扱えぬ強大な力。

まだ戦争をしていた頃、ひとは、これを呪《のろ》いの力と言った。

「魔法だ」

「魔法……だと……」

「だとしたら、だとしたらあの男は、まさか……」

「竜だというのか……!?」

ざわめきが波紋《はもん》のように広がり、貴族たちの目がさっと恐怖に染まった。

先ほどまでの、強気な雰囲気《ふんいき》が嘘のように、恐怖ゆえのさざめきが叫びとなって、王宮の広間を埋《う》め尽《つ》くす。

「リオン、私のリオン」

震えているリオンに気づいたのだろう。白金《はくきん》の青年は、リオンの手をやさしく握ったまま低い声を和《やわ》らげ、そのつむじに口付けて囁《ささや》いた。

「もう、大丈夫だ」

――大丈夫。

リオンは呆然としたまま、自分をやさしく包み込んでくれているその青年を見上げた。

黄金の目が、縦に長い瞳孔《どうこう》を開いてこちらを見ている。それは、リオンの姿をその目に焼きつけんと、必死なようだった。

男性に触《ふ》れるのは、父と幼き頃のシャルル以外、これが初めてだ。

だというのに、リオンはまったく恐ろしくなかった。

このひとに恐怖を感じることなどありはしない。なぜか、そう確信していた。

むしろ、懐かしさまである。リオンはどうしてしまったのだろう。

シャルルへの恋心が霧散《むさん》したわけではないけれど、まるで、その対象がそっくりそのままこの青年に移ったような気持ちだった。

「……あなたは？」

リオンは戸惑《とまど》いながら、青年に尋ねる。

「……そうか、そうだったな」

彼はリオンの言葉に目を細め、悲しげに眉《まゆ》を下げた。

そんな顔をしてほしくなくて、リオンは咄嗟《とっさ》に青年の法衣《ほうえ》のような白い服を握る。彼ははっとした顔をして、リオンにやさしく微笑んで見せた。

「忘れていても、また育《はぐく》めばいい。リオン、もう君を辛《つら》い目にはあわせない」

「忘れ……？」

「今は気にしないでいい。リオン」

そう言った青年は、ようやく周囲の阿鼻叫喚《あびきょうかん》に気づいた様子で、シャルルとヒルデガルド、そしてリオンの義父母を順番に見やり、黄金の目を炯々《けいけい》と輝かせた。

「それより、そこのものたちの対処をするから、待っていてくれるかい？」

青年は、リオンをそうっと横抱きにして、その切れ長の目をすいと細める。

いつの間にか、近衛兵《このえへい》たちが青年とリオンを取り囲んでいた。

「あ、あの……」

「大丈夫、リオン。心配しないで」

そうは言っても、心配せずにはいられない。

リオンは、出会ったばかりのこの青年が傷つくところを見たくないと思った。

どうしてか、そう思った。

「竜！　貴様、ここが人間の国、アルトゥールと知っての狼藉《ろうぜき》か」

髭《ひげ》を生《は》やした、ひときわ華美《かび》な服を着た貴族が、剣を構える近衛兵《このえへい》の後ろに隠れながら声を張った。

しかし、その声はわずかに震えている。

それに、青年も気づいたのだろう。

呆《あき》れたように、くっと笑って見せ、その貴族を指す。

途端、風が吹き、男が宙へ舞い上がった。

リオンは、宙に浮き、恐怖で顔を青くした男を見る。

貴族の中でリオンを最初に糾弾《きゅうだん》した、ヒルデガルドの信奉者《しんぽうしゃ》だ。

「貴様こそ、竜の番《つがい》のことも知らずによく言えたな」

青年は、燃えるような怒気を孕《はら》んだ声で男に言う。

番《つがい》。先ほども、彼はリオンをそう呼んだ。

リオンは、番《つがい》という言葉に聞き覚えがある気がしたが、それがなんなのかはわからなかった。

しかし、第一王子であるシャルルは知っていたらしい。

彼はさっと顔色を変え、リオンを見て、まさか、と口にした。

「しゃ、シャルルさま、なあに？　あの不審者……は、早く、早く追い出して！」

ヒルデガルドはシャルルに抱きついて、どうにか隠れようとする。

しかし、ヒルデガルドとそう体格の変わらない、背が低くヒョロヒョロとしたシャルルには到底隠れられなかった。

「さあ、どうだ。その顔、知らないとは言わせない」

青年の声を聞き、シャルルの顔が蒼白《そうはく》を通り越して完全に色を失う。

ヒルデガルドはガタガタ震えるシャルルに抱きつきながら、不意に鼻をついた異臭に顔をしかめた。

「シャルルさま？　どうしたの？」

ヒルデガルドはにおいの元を探して下を向き、自分のフリルたっぷりの真っ白なドレスが、黄色い液体で濡れていることに気づく。

そうして悲鳴を上げ、シャルルから飛び退《との》いた。

「いや！　汚い！」

「ひ、ヒルダ、すまない、すまない」

「近寄らないで！」

ヒルデガルドがシャルルを突き飛ばす。

いつも自信に満ちた、尊敬する王子の突然の奇行と醜態《しゅうたい》に、近衛兵《このえへい》や貴族はおろおろと戸惑《とまど》うばかりだ。

「く、くそ！　ヒルダ……！」

情《なさ》けない姿をさらし、顔を赤と青に交互に染めるシャルルは滑稽《こっけい》だ。

シャルルは視線を彷徨《さまよ》わせたのち、青年に抱かれるリオンに目を留める。

それから羞恥《しゅうち》と怒《いか》りで埋《う》め尽《つ》くされた様子でリオンを指差し、叫んだ。

「リオン・ロッテンメイヤー！　貴様のせいだ！　貴様の、貴様のせいで——！」

——刹那《せつな》。シャルルの声を最後に、空気が、止まった。

張りつめた、凍《こお》った、そのどちらでもない。それは、この状況にふさわしい表現ではない。

正しく、空気が止まったのだ。

「あ——？」

シャルルは、じしんの体になにがもたらされたのかわかっていないようで、小さく声を上げた。

ぱき、ぱき、と音がして、シャルルの体が、指から、足先から、動かなくなっていく。まるで陶《とう》器《き》のように、シャルルの体が硬くなっていく。

「今、なんと言った」

白金《はくきん》が揺らめく。対比のように、シャルルの髪が滑《なめ》らかな人形のそれへと変わっていく。

「国ごと焦土《しょうど》にされたいか、アルトゥールの王子。返答についてはよく考えよ」

ヒルデガルドが尻餅《しりもち》をついた。

「ヒルダ――」

「いや！　来ないで、バケモノ！」

シャルルが――否《いな》、シャルルだった生き人形が一歩近づくたびに、ヒルデガルドは悲鳴を上げて後退する。

「りゅ、りゅう、王、竜王《りゅうおう》、助けて、たす、たすけ、けてててけてててて」

ガラス玉となったシャルルの目がぐりんと上向いた。そしてそれはがしゃんと転んだのちに、地べたを這《は》うようにして青年――竜王の足元にキスをする。

「な、なめれば、いイ？　靴を、なめる、から、たす、たすけ」

「助けを乞《こ》うのは私にではない。だが、助けを乞《こ》う機会をやる気も失《う》せた」

そう、竜王はシャルルだったものを一瞥《いちべつ》した。

「シャルル、さま？　ヒルダ……？」

リオンは、そこでようやく声を出す。

途端、竜王はまるで嫉妬《しっと》のような熱い視線をリオンに向けた。

それからなにかを言いかけて、耐《た》えるように唇を噛み、リオンの髪を撫でる。

竜王は大きく息をついたあと、じしんの髪を一筋引き抜き、魔法を行使した。

白金《はくきん》の髪は空中で星をかたどって、眩《まばゆ》い光とともに、シャルルの中に吸い込まれる。

その瞬間、竜王の手がさっとリオンの目を覆《おお》った。

「なにが、起こったのだ……？」

貴族のひとりが呆然とつぶやく。

視界が明るくなったと同時に、リオンはぼんやりとその場を見た。

そこには、四体の人形が落ちていた。

それは、すべてひとと同じ大きさで、シャルルとヒルデガルド、そして背後で逃げようとしていた義父母とそっくりな容姿をしている。

「お人形……？」

リオンが静かに言い——やがて、目をしばたたいて、口を押さえた。

……これは、人形ではない。

「これは、猶予《ゆうよ》だ」

竜王が告げる。

「その陶器《とうき》は皮だけだ。下にはひとの血肉がある。まだ生きているが、早く剥《は》がさねば三日程度で死ぬだろう……人間、これは警告だ。真実をつまびらかにし、我が番姫《つがいひめ》の名誉《めいよ》を回復せよ。さすれば、彼らは元に戻る」

最後にそう告げて、竜王はなにごとか唱《とな》えた。

途端、扉にかかった魔法が解けて、大勢の人間が羽虫のように逃げ出していく。

王子らを気にかけるものはいない。ヒルデガルドやその両親に至っては、足蹴《あしげ》にするものすらいた。

——なにが、起こったのだろう。

目の前の状況は、リオンの理解をあまりにも超えていた。必死に繋《つな》ぎとめていた意識が、だんだんと遠ざかっていく。

やがて、意識がぷつんと途切れる寸前、リオンはじしんを包み込む腕に、その身を委《ゆだ》ねたのだった。

◆　◆　◆

竜王は、人形のみが残る大広間で、リオンをそっと抱き締めた。

「ごめん、リオン……。我慢できなかった」

返事はない。リオンの寝顔を見ながら、悲しげにつぶやく。

「リオンはきっと、こんなことを望まないね」

竜王がリオンの義父母、義妹に施《ほどこ》したのは、ひとが呪《のろ》いと呼ぶものだ。竜王は、それを知っていた。

だが、とどめは刺さなかった。

……けれど、これは言い訳で、竜王がしたことはきっと彼らへの拷問《ごうもん》だろう。

リオンのやさしさを受けていたのに、それを無下《むげ》にした人間たちが許せなかった。

愛《いと》おしいリオンの苦しみは、こんなものではないのだから。

竜王は、リオンの前髪を上げる。

その瞼《まぶた》の奥にある美しい星屑《ほしくず》の瞳を思い出して、白い額《ひたい》に音もなく口付けた。
次の瞬間、竜王の姿が霧《きり》のように立ち消える。
残ったのは、黄色い水たまりに浮かぶ、汚《きたな》らしい四体の人形だけだった。

第二章

リオンが目を覚ましたとき、最初に見たのは、柔らかく細まった黄金の瞳だった。

ぱちり、ぱちりと目をしばたたく。

愛《いと》しいという気持ちが押し出された眼差《まなざ》しを向けられるのは、両親が死んでから初めてだ。

リオンの乾《かわ》いた砂のような心に、しいんと染み入るようだった。

「リオン、起きたの？」

そこにいたのは、美しい青年だった。

座っているけれど、それでもなおわかる上背《うわぜい》の高さと、女性的にすら見える整った顔立ち。

その中で、きらきらと輝く金の目と、光の加減で金にも銀にも見える髪が印象的だった。

……そういえば、リオンは衆目にさらされた場でシャルルに婚約破棄され、義妹に裏切られたのだ。

絶望の中、手を伸ばしたら――このひとが、掴んでくれた。

周りの人々はたしか、彼を竜王と呼んでいた気がすると思い出しながら、リオンは改めて問う。

「あなたは、だあれ？」

「私はラキスディート。ラキスと呼んでくれるとうれしい」

「ラキス……さま？」

彼の名乗ったラキスという名前は、リオンの舌によくなじんだ。

さま、という敬称が余計に思えるほど。

ラキスディートは、リオンが彼の名を呼んだ瞬間、まるで花が咲《さ》き誇《ほこ》るような笑みを浮かべ、敬称をつけるとしゅんと項垂《うなだ》れた。

その顔がとても好もしくて、どこか懐かしくて。

リオンは横になったまま、ゆるゆるとかぶりを振って、前髪を払った。

その姿を、障害物なしに見たかった。

……が、リオンはハッと我に返る。

リオンの目は、汚いものだ。このひとに見せたくないと強く思って、ぎゅっと目を閉じた。

「リオン？」

「だ、だめ。ラキスさま。目を見ないでください」

リオンは閉じた瞼《まぶた》を両の手で押さえる。

ラキスディートに嫌われたくないと心底から思ったからだ。

「どうして、リオン」

ラキスディートの声が硬い。リオンは続けた。

「私の目は、汚いものだから……」

どうして、自分の目はこんな色をしているのだろう。ラキスディートを見ることすら許されない。

リオンは恥ずかしくなって、ぐっと唇を噛んだ。

途端、部屋の空気が重くなる。

しかし、リオンの肌がそう感じる前にそれは霧散《むさん》した。

ひんやりした彼の手がリオンの手にやさしく重ねられて、リオンの意識はそちらに向いた。

「ラキス、さま?」

「汚くなんてないよ」

「けれど……」

「私にとってこの世で一番美しい瞳を、そんな風に言わないで、リオン。星屑《ほしくず》の瞳だ、とても綺麗だ」

ラキスディートが必死な様子でリオンに言う。

あら、とリオンは思った。両親と同じことを、ラキスディートが言ってくれたから。

それだけでなくて、この声をどこかで聞いたような気がする。

「ラキスさま」

「なに? リオン」

リオンは横になったまま、首を傾げた。

ラキスディートがチェリーブロンドの髪をやさしく撫でて、リオンの額《ひたい》をあらわにする。

まぶしい光を感じて、リオンはゆっくりと瞼《まぶた》を開いた。

「やっぱり、リオンの瞳は綺麗だ。夜の空に、星屑《ほしくず》が散っている」

ラキスディートがリオンの目を見て、幸せそうに口を開く。

何度もリオンの髪に触《ふ》れて、愛《いと》しい気持ちを隠そうとしない。

だからリオンは、ラキスディートが自分を好もしく思っていることがわかった。

だからこそ、不思議なのだ。

初対面のはずなのに、彼はリオンに好意的すぎる。

リオンがいやがらない程度の触《ふ》れ合《あ》いを試みるラキスディートは、まるでリオンに嫌われるのが怖いみたいだ。

こんなに綺麗なひとだから、自分じゃなくても、釣り合う相手がたくさんいるはずなのに。

「ラキスさまと、わたくし、会ったことがありますか？」

「うん、ずうっと昔に」

リオンが尋ねると、ラキスディートが短く返してきた。

硬い声だった。まるで殻《から》にこもって、柔らかいところを隠しているような声だった。

それを感じたから、リオンは視線を落としてぽつりとこぼす。

「ごめんなさい。わたくしは、それを覚えていないのです」

「うん」

「やさしくされても、同じ想《おも》いを返せません」

「うん」

「だから――」

「それでもいい」

ラキスディートは、リオンの言葉を遮《さえぎ》った。

「君が生きてここにいてくれる。私の側《そば》にいてくれる。私に大切にされてくれることが、なによりうれしい。君は私の番《つがい》だ。私は君が、なにより愛《いと》しい」

真剣な眼差《まなざ》しが、リオンを射貫《いぬ》くようだ。

けれど、リオンにはその目が潤《うる》んで見えて、そうっと手を伸ばした。

そして気づく。リオンの痩《や》せて白粉《おしろい》だらけだった手は清められ、青白い肌の色が見える。

「あ……」

みっともなくて、思わず引っ込めようとした手を、ラキスディートがやさしく捕まえた。

「リオン、私に触《ふ》れようとしてくれた？」

「……ええ。けれど、こんな、みっともない手では、あなたには触《ふ》れられませんわ」

「みっともなくなんかない」

ラキスディートは、宝物みたいにリオンの手を両の手で包み込んだ。

黄金の目が、泣きそうに緩んだ。今度は、たしかにそう見えた。

「君のあたたかさを感じる。この手は、私にとって世界で一番尊《とうと》い手だ」

ラキスディートはリオンの手をそう褒《ほ》めた。

リオンは、そんな風に言われるような人間ではない。

だというのに、ラキスディートはリオンを大切にしようと言葉を尽《つ》くしている。

リオンはそれが不思議で、そして、どうしてか目の奥が熱くなるくらいに胸が締めつけられた。

「ラキスさまは、どうしてわたくしのことをそんな風に言ってくださるのですか」

尋ねた声は、こみ上げてくるなにかを抑えているせいで、絞《しぼ》り出《だ》すような小さなものになってしまった。

だっておかしいだろう。自分はラキスディートが言うような素晴らしい人間ではない。

髪はありふれた赤毛で、手入れがおざなりなせいで艶《つや》もなく、ぱさぱさしている。

顔立ちだって普通以下だ。前髪を鼻の上まで伸ばしているから、ただでさえ不気味な容貌《ようぼう》。目に至っては星屑《ほしくず》なんて美しいものではなく、汚《きたな》らしいと言われ続けた。

姿だけでなく中身だって、あんな義父母や義妹を信じ続けた愚《おろ》かな人間だ。

「わたくしは、なにも素晴らしいところのない人間です。すべてにおいて、出来損《できそこ》ないです」

「リオン」

ラキスディートは、もう一度リオンの髪を撫でる。それから、掬《すく》い上《あ》げるようにしてリオンを起こし、その腕に抱いた。

絹《きぬ》がこすれる滑《なめ》らかな音がする。

その向こうで、とくん、とくんと速いリズムの鼓動《こどう》が聞こえた。

「リオンは、リオンのことが嫌いなんだね」

「え……」

突然抱き締められたことよりも、ラキスディートの言葉に驚いて声をこぼした。

リオンには、自分がじしんを嫌いだという自覚がなかったから。

「わたくし、わたくしが嫌いなのですか？」

「そうかもしれない。私はリオンではないから、リオンの本当のところは、決してわからない」

ラキスディートはリオンの頭をそうっと抱《かか》え、前髪を持ち上げた。

不思議と、それに恐怖は感じなかった。

リオンの目と、ラキスディートの黄金の目が正面から交《まじ》わる。

リオンは、ラキスディートの目から一筋の涙が流れていることに気づいた。

ラキスディートは美しい唇から、ゆっくりと言葉を紡ぎ出す。

「わからないけれど、知ろうとすることをやめないよ、リオン。一生わからないけれど、わかるように努力する。リオンが自分のことを嫌いなら、私がリオンをふたり分好きになろう」

「ラキスさまは……」

リオンは少し戸惑《とまど》って、言葉を途切れさせた。

「ラキスさまは、どうしてわたくしを好きなのですか」

「生きているから」

ラキスディートは淀《よど》みなく答えた。ラキスディートの涙が、顎《あご》を伝ってリオンの手に落ちる。そして微笑み、疑問を浮かべるリオンの頬を撫でた。

「息をしているから好きだ、その目が好きだ。あたたかいから好きだ。私を見てくれるところが好きで、声も好きだ。その赤毛も愛している。リオンがリオンを好きでないところだって、好もしいと思う。リオン、つまり、私はリオンがリオンであるところのすべてを好きなんだ」

「……ごめんなさい、わたくし、意味がよく……」

リオンの言葉に、ラキスディートは苦笑した。

「実は、私も。君が好きだよ、リオン。けれど、君が思う以上に、ずっと私はリオンが好きで、好きすぎて、うまく言えないんだ。ごめんね」

「そういうことなら、わかります。わたくしだって、自分が自分を嫌いなことをさっき知ったばかりですもの」

リオンは、ラキスディートの胸に耳を当てた。先ほどより速い鼓動《こどう》が、リオンの耳朶《じだ》を心地《ここち》よく打つ。

リオンは、それをとてもうれしく思った。安心できる場所は、ここだと思った。

その理由はよくわからないけれど、とにかく今は、心から安心していた。

――そのとき。

くるるる、と音が鳴って、リオンはぱっと顔を熱くする。

そういえば、王宮に行く前からなにも食べていなかった。

はっとラキスディートを振《ふ》り仰《あお》ぐと、彼はまるでこの世で最も愛らしいものを見ているかのように、リオンを見下ろしていた。

「リオン、ご飯を食べよう」

「あ、あの……すみません」

「ちなみに、私は、君のおなかの音だって好きだと思うよ」

ラキスディートがそう言うから、リオンは今度こそ、耳まで真っ赤に染まったのを感じた。

彼は小さく笑ってなにごとかつぶやくと、リオンの背に回っていないほうの手の指先から、ほのかな白い光をひとつ、出現させた。

リオンが目をしばたたいてそれを見つめていると、ラキスディートはなにか思いついたような顔をして、もう一度、今度はもっと長い言葉を口にした。

すると、ぽわん、ぽわんと白い光が増えて、部屋中が白い光の珠《たま》で満たされる。

「まあ……！　この光は……？」

「これは魔法で出した、呼び出しのための合図《あいず》だよ。壁を通り抜けることのできる光の珠《たま》なんだ。音が出ないから便利なんだよ」

リオンが尋ねると、ラキスディートは特段大したことではないことを言うように、簡単な説明をしてくれた。

「魔法……」

アルトゥール王国では畏怖《いふ》の対象だった超常の力が、まるでカトラリーでも使うように日常的に用《もち》いられていることに驚いた。

美しい光景に、リオンは目を奪われる。

それは、リオンを鞭打《むちう》った家庭教師の竜の魔法の講義より、何倍も興味深いものに思えた。

「もっと神秘的なものだと思った？」

「いいえ、はい。……いいえ？」

魔法など見ることはないと思っていたので、しどろもどろになる。

リオンの不明瞭《ふめいりょう》な答えに、ラキスディートは声を上げて笑った。

「ラキスさま？」

「笑ってごめんね、リオン。かわいくてつい」

ラキスディートがすいと指先でリオンの背後を示すと、その光が一斉にそのほうへ向かった。

リオンは、その白い珠《たま》を目で追う。

リオンはそこでやっと、ここが今まで見たこともないような豪奢《ごうしゃ》な部屋であることに気がついた。

リオンとラキスディートがいるのは、部屋の端の窓際に置かれたベッドの上だ。

部屋の中央には、寄《よ》せ木細工《ぎざいく》に花の描かれた陶器《とうき》がはめ込まれた、可憐《かれん》なテーブルがある。

二つ並んだ椅子の脚は茎《くき》が伸び上がっているようで、花をかたどった座面は柔らかそうだ。どうやら、テーブルと同じ花がモチーフらしい。

更に視線を反対に向けると、手触《てざわ》りのよさそうなカーテンが日の光をやさしく遮《さえぎ》っていた。

真っ白な陶磁器でできたクローゼットや、白い擦《す》りガラス製の物書き机もある。

リオンはあら、と思った。なぜなら、この部屋にあるものは、見た目こそ似ているものの、リオンの知る家具とはかけ離れていたからだ。

形も、質感も、材質も、すべて人間の国ではありえないものばかり。

花が咲《さ》き誇《ほこ》る木の幹《みき》をくりぬいたような本棚には、詩集や恋愛小説、竜の国についてのおとぎ話がびっしりと並べられている。それらはすべて、両親が生きていた頃にリオンが好んでいたものだった。

およそひとの手で再現できない美しい家具たちには、そのすべてにサクラの花の意匠《いしょう》が施《ほどこ》されている。

まるで幻想の世界に入ったような気持ちになって、リオンはため息をついた。

「リオン？」

心配そうに顔をのぞき込んでくるラキスディートに、リオンは尋ねる。

「ここは、どなたのお部屋ですか？　ラキスさま、わたくし、こんなに素敵なお部屋を見たのは初めてです。素晴らしいものを見せてくれたお部屋の主《あるじ》さまに、お礼を言いたいのですが……」

「部屋の主人は君だよ、リオン」

ラキスディートがこともなげに口にした言葉は、リオンを仰天《ぎょうてん》させた。

「この、このお部屋が……？」

「うん、リオンの好きなものを集めたんだ。気に入らないところがあれば言ってほしい。私の魔力で加工した家具ばかりだから、すぐに君の好きなように直そう」

「い、いいえ！　直すところなんて……。夢みたいです。けれど、どうしてわたくしなどにこんな素晴らしいお部屋を……？」

リオンはそう言って、未だ自分を抱いたままのラキスディートを見上げた。

ラキスディートが口を開いた、その瞬間。

部屋の扉がけたたましくノックされた。

「竜王陛下！　呼び出しの珠《たま》が多すぎますわ！　召使たちがてんやわんやです！　いくら番《つがい》さまのお食事とはいえ、珠《たま》ひとつで十分……！」

応《こた》えを待たずに入ってきたのは、きつい容貌《ようぼう》の美しい白銀の髪をした女性だった。

丈《たけ》が長く、すとんと落ちたデザインの真紅のドレスが、すらりと背の高い姿によく似合っている。

彼女は涼《すず》やかな目を更に吊り上げて、怒《いか》り心頭《しんとう》に発するといった様子だ。

リオンは、突然現れた美女に背筋を震わせた。

吊り上げられた目が、義母の怒ったときの姿と重なって見えたからだ。

怒《いか》りをぶつけられるかもしれない。リオンはそう思って、無意識にすがるものを探し、ラキスディートの服を握り締める。

だが、入ってきた女性は、リオンを見て目を丸くした。

「あら？　あらあら……？」

「エリーゼベアト。私の番《つがい》に不躾《ぶしつけ》な目を向けるな」

ラキスディートがものすごく怒っている。

リオンはラキスディートの体温が上がったのを感じて、思わずエリーゼベアトと呼ばれた女性を見た。ラキスディートがいやがる相手ならば、敵意を向けるべきだろう。

睨《にら》むってどうするんだったかしら、と、目に力を込める。

リオンに視線を向けられたエリーゼベアトは、丸くなった目をきらきらと輝かせる。

しまいには、その黄金色《こがねいろ》の目が光を放っているのでは、と錯覚《さっかく》するほど、リオンを熱のこもった眼差《まなざ》しで見つめた。

「なんて、なんて……」

「おい、エリーゼベアト」

ラキスディートの制止を聞かず、エリーゼベアトはこちらへふらふらと歩み寄ってくる。

その目は爛々《らんらん》と輝き、今にも飛びかかってこんばかりに。

そうして、ついに。

「なあんて、かわいらしいのかしら！」

エリーゼベアトは、長い裾《すそ》をひらひらなびかせ、毛の長い敷物《しきもの》を蹴《け》って跳躍《ちょうやく》する。

そして、今にもリオンに触《ふ》れそうになった瞬間、ラキスディートがリオンごとすいと体をずらした。

ガン！　という音と、なにかが砕《くだ》ける音が同時に聞こえる。

リオンが恐る恐る音のしたほうを振り返ると、女性の半身が壁を突き破っていた。

彼女はよいしょと声を出して、すぐに上半身を引き抜く。

「ごめんなさい、お兄さま。番《つがい》さまのかわいらしさに、我を失ってしまったわ……ああ……本当にかわいい……」

うっとりとリオンを見つめるエリーゼベアトには、驚くべきことに傷ひとつない。

「あ、あの、お怪我《けが》は……？」

リオンは先ほどまでの恐怖も忘れ、エリーゼベアトに問いかける。

エリーゼベアトは、豊満な胸に手を当て、ぐぅ！　と呻《うめ》きながらリオンをとろけた目で見つめた。

リオンに心配されたことが、よほど感情を高ぶらせたのだろうか。

「お兄さま……羨《うらや》ましすぎますわ……竜の好みすべてを凝縮《ぎょうしゅく》した魂《たましい》の色……本当に素敵……！」

エリーゼベアトは、はあはあと息を荒らげて、リオンを凝視《ぎょうし》している。

もはやラキスディートには視線を向けすらしない。

そんな彼女を見て、ラキスディートは眉間《みけん》にしわを寄せた。

「こうなるから会わせたくなかった。エリーゼベアトと私の好みは似ているから……」

「ラキスさま、エリーゼベアトさまは、もしかして、ラキスさまのご兄妹《きょうだい》ですか？」

「不本意だけれど、そうだよ、リオン」

ラキスディートはリオンの問いにうなずき、ため息をついてエリーゼベアトを手招きする。

しかし、エリーゼベアトのほうは完全にそれを無視して、ラキスディートに抱かれたままのリオンの足元に、滑《すべ》るように跪《ひざまず》いた。

「リオンさまとおっしゃるのね、お姉さま」

「へ？」

首を傾げるリオンを置いてけぼりにして、エリーゼベアトは拳《こぶし》を握って力強く言いきる。

「女官なんかに任せられませんわ！　私が！　誠心誠意《せいしんせいい》！　心を込めてお仕《つか》えしますわ！　不自由などさせません！」

それから、彼女はなにかつぶやく。それは、先ほどラキスディートが光る珠《たま》を出したときと同じ言葉だ。

まもなく、エリーゼベアトの手のひらから白い光がふわんと現れた。

光の珠《たま》を視線で追うリオンに、ラキスディートが「あれは遠い距離で言葉を伝えるための魔法だよ」と耳打ちする。

エリーゼベアトはその光の珠《たま》を、開けっ放しの扉へ放り投げた。

そして、頬を紅潮《こうちょう》させながらリオンを見てから、ラキスディートに言う。

「さ、お兄さま。これで私はリオンお姉さまの侍女です。ほかの女官には控えておくよう、伝達の珠《たま》で命じました。私が侍女を務めるのですもの、力不足なんていう文句《もんく》は言わせませんわ！」

続いて、ラキスディートへ発したものとは熱量も甘さも違う声を、リオンに向ける。

「リオンお姉さま、このエリーゼベアトになんでもお頼みくださいな！　お姉さまのためなら、世界の果てにだって食材でも花でも採《と》りにまいります」

「え、ええと、その……」

エリーゼベアトから熱烈すぎる言葉を投げかけられ、リオンは困惑《こんわく》した。ちらりちらりとラキスディートに視線を向けると、彼は安心させるように微笑みかけてくれる。

「リオン、エリーゼベアトに返事をする必要はない」

「お兄さま!?　なぜですの！」

エリーゼベアトが抗議の声を上げる。

「自分を振り返れ」

ラキスディートは呆《あき》れた声を出して、リオンをエリーゼベアトから隠すように抱き直した。衣擦《きぬず》れの音が聞こえる。体を隠していた布団《ふとん》が滑《すべ》り落《お》ちた。

リオンは真っ白でゆったりとした、夜着のようなドレスを纏《まと》っていた。それは、まったく見覚えのないものだ。

「あら、もう蜜月用《みつげつよう》のドレスに着替えられたのですね、お姉さま。とてもよくお似合いですわ……かわいらしい……魂《たましい》の美しさが滲《にじ》み出ていて……このように、このように……」

エリーゼベアトがうっとりとリオンを見つめる。

蜜月とはなんだろう。それに、このドレスは、手を出そうと持ち上げればさらりと落ちるが、リオンの腕より袖《そで》が長いし、丈《たけ》も脚より長い。

とても機能的とは言えないデザインに、リオンはもう何度目かわからない疑問を浮かべた。

「あの……」

「なんだい、リオン」

「なんですの？　お姉さま」

兄妹《きょうだい》が揃《そろ》って、リオンに言葉を返す。

実家にいた頃は受けたことのない対応に、リオンは目をゆっくりとしばたたいた。

リオンは、考えながら問う。

「蜜月とは、番《つがい》とは、なんでしょうか？　そして、ここはどこなのでしょう。アルトゥールではないような……」

リオンは、考えていることがすべて言えたとほっとした。そして、ラキスディートを見て、次に正面のエリーゼベアトを見る。

すると、ラキスディートとエリーゼベアトが、硬直していた。まるで石のようだ。

なにかまずいことを言ってしまっただろうかと、リオンはじしんの言葉を思い返した。しかし、自分の言葉に失礼なことは交《ま》じっていないようだ。

少なくとも、リオンの知っている、ここ数週間で学んだ常識では。

そう思っていると、リオンの眼前で、唐突にエリーゼベアトの姿が消えた。

「お兄さま！」

ドガン！　と濁《にご》った音がして、リオンは驚いて一瞬目を閉じる。

もう一度目を開けると、ラキスディートと自分が先ほどまでいた場所には、煙《けむり》のようなものが立ち込めていた。

リオンはラキスディートの腕に抱かれたまま、カーテンを飛び越え、窓の外へ飛び出していたのだ。

「え、えええ！」

リオンが声を上げる。ラキスディートはおっと、と言って、リオンをしっかり抱《かか》え直した。

リオンの視線は、自然とラキスディートの背に向く。

そこにはラキスディートの髪と同じ色をした、鳥のような翼《つばさ》が生《は》えていた。

しかし決定的に違うのは、鳥にはありえない、風を切《き》り裂《さ》くような硬質な翼《つばさ》であることだった。

バサ……と音がして、ラキスディートの翼《つばさ》が羽ばたくと、リオンの体にぐんと浮遊感が訪れる。

きらきらと煌《きら》めく、ガラスのような翼《つばさ》が広がる。そんな、あまりにも美しい光景に、リオンは思わず口を開いていた。

「ら、ラキスさまは、天使さまなのですか⁉」

「惜《お》しい、竜だよ！　リオン！」

そうだ。アルトゥール王国の人々も、エリーゼベアトも、彼を竜王と呼んでいた。

彼が魔法を使っているのを、リオンも目の前で見た。

どこか現実味がなかったが、彼の言葉を聞いて、その事実がすとんと胸に落ちる。

ラキスディートは、竜なのだ。

生態系の頂点に立ち、人間たちが恐れる存在。

けれども、リオンは彼に恐怖を覚えるどころか、胸にじんわりとしみいるようなぬくもりを抱《いだ》いて、彼の近くにいることに安らぎすら感じていた。

気づけば、ラキスディートはかなり上空まで飛んできたようだ。

リオンはふと下を見て、今までの自分からは考えられないような大声を上げた。

「ラキスさま！」

「ご、ごめん、リオン、怖い？　すぐに下りるよ」

「見てくださいな！　ラキスさま！　街が……！」

リオンの眼下には、石膏《せっこう》で作られたような白亜《はくあ》の家々と、水の豊かな公園が広がっている。舗装《ほそう》された道は太陽の光を受けてまぶしく輝き、そこにいる人々――いいや、竜が微笑み、あるいは泣き、あるいは怒《いか》り、あるいはリオンたちを見てぱあっと笑みを浮かべている。

リオンは空中国家、竜王国を見下ろしているのだ。

「綺麗！　綺麗！　ラキスさま！　ここは竜の国なのですね？　竜王国……なんて美しいの！　すごい……すごい、素晴らしいわ！」

リオンの目には、今、色とりどりの表情が、眩《まばゆ》くきらきらと映っている。

リオンは、前髪に隠れるじしんの視界が悪いことを初めて面倒だと思った。それくらいに、この光景を目に焼きつけたいと思ったのだ。

「リオンは、変わらないね」

「ラキスさま？」

リオンはラキスディートの言っている意味がわからず、首を傾げる。

彼は苦笑して、リオンを横抱きにしたまま高度を上げた。

「わあ……！」

竜たちが豆粒《まめつぶ》のように見える。雲がリオンたちに纏《まと》わりつくようだ。

「風が、すごい……！　雲が流れるわ、ラキス！」

ラキスディートは目を見開いて、幸せそうに、泣きそうに破顔する。

「リオンは、本当に変わらない。ずっと、リオンはリオンだ」

ラキスディートが小さくつぶやくのを聞いて、リオンはそちらを見た。

「どうしましたの？」

「私はリオンを好きだって言ったんだ」

「え……？」

リオンの頬が熱くなる。

ラキスディートは楽しそうに歯を見せて笑った。

「そろそろ下りようか、リオン。おなかも空《す》いただろう」

「あ、はい、ええ、そうですね！」

リオンは、わたわたとラキスディートの首に手を回した。

ラキスディートが羽ばたいて、ゆっくりと高度を落としていく。

どうしてか、あまりにも恥ずかしくて、照れくさくて。

リオンは、ラキスディートを怒るエリーゼベアトの声が聞こえるまで、顔を彼の胸に隠していた。

ラキスディートが地上に下りて即、エリーゼベアトと彼女の召使たちに捕獲《ほかく》される。

それでもなおリオンを離さぬラキスディートに、エリーゼベアトはひんやりと冷たい目を向けた。

「お兄さま、いいえ、あえて竜王陛下と呼ばせていただきましょう。お姉さまをさらってきたのはいいです。話に聞いた劣悪《れつあく》な環境を思えば致し方ありません。お姉さま……リオンさまが私の番《つがい》でもそういたします」

「私の番《つがい》だ」

「お黙りください」

エリーゼベアトは口を挟《はさ》んだラキスディートに、ぴしゃりと言った。

「しかしですよ。なにも告げず、教えず、好意を押しつけるだけ……竜王陛下ともあろうものが、なにも知らぬ女性を、しかも番《つがい》を、監禁！　蜜月のご衣装まで着せて……あまつさえ、追及されて都合が悪くなれば空に逃げる！　情《なさ》けない……！」

エリーゼベアトは腰に手を当て、切れ長の目でラキスディートを刺すように睨《にら》んでいる。

しかしラキスディートはどこ吹く風で、今もリオンが座りやすいようにと腕をもぞもぞさせた。

エリーゼベアトの怒《いか》りは更に膨《ふく》れ上《あ》がっているようだ。それでも、一応といった様子で言い訳を尋ねる。

「なにか申し開きはありますか？　竜王陛下」

今まで黙ってふたりを交互に見ていたリオンは、おずおずと口を開いた。

「あの、エリーゼベアトさま」

「さま、なんて他人行儀な。敬称なんていりませんわ、お姉さま。私のことは、どうかそのままでお呼びくださいな。もしくはエリィと」

後半の語気を強めて、エリーゼベアトがにっこり笑う。相変わらず、リオンにだけ異様にやさしいエリーゼベアトである。

「で、では、エリィ。質問があるの。あのね、もの知らずでごめんなさい。確認したいのだけれど、ラキスさまは、竜王陛下なのよね？」

瞬間、エリーゼベアトや背後の召使たちから、鈍色《にびいろ》の殺意めいた視線が、ラキスディートに注《そそ》がれた。

しかし、リオンの質問を無下《むげ》にするわけにはいかないと思ったのだろう。エリーゼベアトはラキスディートに絶対零度《ぜったいれいど》の眼差《まなざ》しを向けながら、リオンにはやさしくとろけるように答える。

「ええ、そうです。お兄さま……ラキスディートさまは、この竜王国『ラキスディート』の国王陛下です」

「国と同じ名前なのね」

それは知らなかった。リオンが驚きながら尋ねると、エリーゼベアトはうなずく。

「ええ、竜の寿命は長いですから、この国は代々の国王の名を呼ぶようになっているのですわ」

「まあ、ラキスさまの名前が国の名前なんて、素敵」

リオンが目を輝かせながら言うと、ラキスディートは機嫌《きげん》をよくしたようだ。

「リオンがそう言ってくれるなら、ずっとこの国がこの名前であるように、法律を変えようか」

「陛下、お黙り、ください」

一音一音区切って、エリーゼベアトがラキスディートを制止した。

召使たちが、エリーゼベアトの背後でひそひそ話している。リオンの義理の家族がそうするときは、ほとんどの場合、嫌味だった。

やっぱり受け入れられていないのだわ。聞かないほうがいいのかしら、などとも思ったが、いかんせん声が大きくて、リオンにはすべて聞こえてしまう。

「あの厳格な竜王陛下が、こんなにポンコツになってしまわれて……」

「でもわかるわ、番《つがい》さま、とても綺麗ですものねえ」

「魂《たましい》だって本当に澄んでいて……」

だが、彼女たちの話からは、悪い感情を感じられない。

リオンは、不思議に思いながら更に問うた。

「それから、魂《たましい》、というのは……」

「ええ、お姉さまの魂《たましい》はとてもとても美しくて……そこらの宝石が軽く霞《かす》んでしまうほどですわ。それがどうかいたしましたか？」

「あのね、魂《たましい》が、生き物の一部分であることは知っているの。けれど、美しいとか、そういうのは……少し、あの、ええと」

魂《たましい》とは、心や精神をつかさどる、この世界の生き物すべてが持つ形のないものだ。

リオンはそれについては知っていたが、その魂《たましい》に美醜《びしゅう》があるとは知らなかった。

第一、リオンの魂《たましい》が美しいと言われる理由がわからない。

ラキスディートに好意を向けられているのも、信じられないくらいなのだ。

こんなに綺麗なひとが、どうして自分なんかを、と。

リオンがそう考えていると、エリーゼベアトは、合点《がてん》がいったとばかりに手を打った。

「ああ、そうでしたね。魂《たましい》は、竜にしか見えないものでした。あのですね、お姉さま。魂《たましい》には、色や形があるのです。心の美しさや清らかさによって変わると言われています」

「言われている？」

寿命の長い竜なら、研究したものがいるのでは、とリオンが首を傾げると、エリーゼベアトは朗《ほが》らかに笑った。

「確認したものがいないのです。調べないのは、無意味だからです」

「無意味？」

リオンが疑問を呈《てい》すると、エリーゼベアトは答える。

「竜は、番《つがい》以外のものと結ばれることはありません。そのため、なによりも番《つがい》の存在を大事にしています。だから、どんな魂《たましい》でも番《つがい》であれば、竜は心から愛することには違いありません。お姉さまのように、見ていて、側《そば》にいて、心地《ここち》よい魂《たましい》というものはありますが、それでひとの善悪を測ったり、相性を決めたりはしないのです」

「そうなのね」

リオンがうなずくと、エリーゼベアトが微笑んだ。

すると、きゅるるる……と、またかわいらしい音がする。

思わずリオンがおなかを押さえると、エリーゼベアトははっとしたように目を見開き、ぱん！と手を打ち鳴らした。

「みんな、食事の用意はできていて？」

「もちろんです！」

「山海の美食を用意してございます！」

「よろしいわ」

召使たちの返事を聞くと、エリーゼベアトが満足したように首肯《しゅこう》する。それから、リオンをやさしい目で、そしてラキスディートを異様に厳しい目で見やった。

「お部屋に食事をご用意しております。リオンお姉さま」

「あ、ありがとう、エリィ」

リオンがその素早さに戸惑《とまど》っていると、召使とエリーゼベアトが揃《そろ》って天を仰《あお》ぎ、胸を押さえる。

リオンは目をぱちぱちして不思議に思いながら、ラキスディートの腕に、ぎゅう、と力が込められるのを感じていた。


部屋に帰ると、不思議なことに、壁に空《あ》いた穴はなくなっていた。

更に、家具が移動しており、部屋の中央に、先ほどまではなかった大きな木を輪切りにしたようなテーブルが置かれていた。

その上には、リオンが見たことのないような料理があふれんばかりに置かれ、ほかほかと湯気が立っている。

ふかふかの白いパンは焼きたてで、貝殻《かいがら》の形をした皿の上に、トロリととろけるバターが盛られている。

ほかにも、野菜に果物、魚料理、肉料理が所狭《ところせま》しと並んでおり、リオンは目をしばたたいた。

香辛料《こうしんりょう》のきつい香りはなく、やさしい匂《にお》いが鼻孔《びこう》をくすぐった。

とにかくおいしそうで、リオンの腹は、またきゅうと音を立てた。

エリーゼベアトは、そんなリオンを微笑ましげに見つめて、腰を折る。

「それでは、ごゆっくりなさいませ」

「こんなにたくさんのお料理……みんなで食べるのではないの？」

リオンが尋ねると、エリーゼベアトはまあ、と口を押さえ、ややあって愛《いと》しいものを見るように目元を柔らかく緩めた。

「リオンお姉さま、このお食事はお姉さまのためだけに作られたもの。食べきれなくとも、我が王は健啖家《けんたんか》でございますので、もったいないことにはなりません」

「い、いいえ、そうではなくて。こんなに素晴らしいお食事なのに、みんなで食べないなんてこと……」

リオンの言葉に、エリーゼベアトが、召使が、ぐっと胸を押さえた。

ぷるぷると震えながら、エリーゼベアトは頬を紅潮《こうちょう》させ、絞《しぼ》り出《だ》すように声を発する。

「もったいないお言葉です。もしお口に合いましたら、私にお伝えくださいな。料理人が喜びます」

「そう、そうなの……」

リオンは驚いた。自分のためだけに作られた食事なんて、両親が亡くなってからまったく縁《えん》のないものだったたから。

リオンはうれしい気持ちを噛み締めるように、目を細めた。

「ありがとう、エリィ。そうするわね」

「ええ、きっと。それでは、失礼いたしますわ」

音もなく、扉が閉まる。

リオンは、扉が完全に閉まったのを確認して、ラキスディートを振《ふ》り仰《あお》いだ。

部屋に戻ってきてからも抱き締められ続けているが、彼の腕の力が強くなっているのを感じたからだ。

「ラキスさま、どうなさったの？」

彼は微笑みを放棄《ほうき》して、仏頂面《ぶっちょうづら》……というべきか、拗《す》ねているような、心の底から悔《くや》しがっているような表情だった。

ラキスディートははあ、とため息をつく。

「まだ、ちゃんと蜜月が始まってはいないから、私が言っていいことではないんだけれど……リオンが私以外と話しているのは、こう、なんというか、ムズムズする」

ラキスディートはむすっとした顔を隠さないで言ったあと、気まずそうに眉尻《まゆじり》を下げた。

「ごめん、やきもちを焼いた。リオン、気にしないで。さあ、食べよう」

「やきもち」

リオンは、目をぱちぱちとしばたたいた。なんだか目の奥が熱くなる。

次になにか水のようなものがポロリとこぼれた。ラキスディートが、リオン！　と声を上げる。

「リオン、どうしたんだ⁉」

「いいえ、なんでもありません。あ……いいえ、そうではなくて……うれしくて」

リオンは微笑んで、ラキスディートを見上げた。

「やきもちを焼いてもらえたからかしら、わたくし、なんだか、とてもうれしくて……」

あの家で、感じたことのない想《おも》い。それが、余計にリオンの感情を高ぶらせている。

リオンの言葉を聞いたラキスディートは、驚いたあと、彼こそ泣きそうな顔をした。

「本当に……君が、助けて、と言ってくれて、よかった」

小さな声が、リオンの耳朶《じだ》をかすかに打った。

「ラキスさま？」

リオンは、ラキスディートの声が震えているのに気づいて、首を傾げる。

けれど彼はなにも答えず、ただリオンを強く抱き締めた。

しばらくすると、食事にしようか、と微笑み、リオンを抱《かか》えたままテーブルについた。

リオンはラキスディートの膝《ひざ》から下りようとするが、腰に添えられた彼の手がそれを許さない。

「リオン、食べて？」

「ら、ラキスさま」

リオンは、差し出されたふわふわの白パンと、ラキスディートを交互に見た。それから、おずおずと口を開け、パンをくわえる。

「む」

「おいしい？」

「……はい」

うれしそうに微笑むラキスディートを見て、なんだか気恥ずかしくなる。

それでも、次々に口元へ寄せられる料理に、思わず口を開けてしまうのはどうしてだろう。

なにか、リオンの本能のようなものが、ラキスディートに食べさせられるのを喜んでいるようだった。

顔が熱いことを自覚し、リオンは前髪で目を深く隠して下を向いた。

「リオン？」

ラキスディートは心配そうな声を上げる。リオンは意を決して言った。

「ラキスさま、ひとりで食べられますっ！」

けれどラキスディートはどこ吹く風で、リオンの口にパンを差し入れ続ける。

「リオン、おいしい？」

「んぐ、お、おいしいです、おいしいですけどっ！」

リオンは、次を差し出されないように、袖《そで》に隠れた両の手で口を覆《おお》った。

「も、もういいですっ。自分で食べますっ！」

そういえば、料理はすべてひと口ずつ小分けにされている。

この状況のすべてが、ラキスディートから食事をもらうためのおぜん立てのように思えて、リオンはいっそう恥ずかしくなった。

「リオン、リオン。ごめんね？　そんなにいやだとは思わなくて……」

ラキスディートの声が悲しげに震える。それを聞いて、リオンははっと手を自《みずか》らの口から離した。

「いやなわけじゃないですっ。は、はずかし、はずかしい、だけで……」

声がだんだん小さくなる。顔が熱くて死んでしまいそうだ。

「ら、ラキスさまがいやなんじゃなくて、ええと、その……」

「恥ずかしいだけ？」

「は、はいっ！」

ラキスディートの問いにうなずいたあと、リオンはもう一度手で顔を覆《おお》った。

ラキスディートが黙って、気配が少し遠ざかる。

驚いたリオンは、指先を広げてラキスディートを見ようとした。けれど、前髪が邪魔をして、うまく見ることができない。

ゆっくり、リオンの手がじしんの顔から外される。

そうして、リオンが見たものは。

「リオン、さあどうぞ」

おかわりのひと口を手に持った、輝く笑顔のラキスディートだった。

彼はひと口サイズのサーモンのタルトをつまんで、リオンに差し出している。

「ふぇ!?」

リオンは、これは敗北ではないと自分に言い聞かせながら、もう一度口を開いた。

「おいしい？」

「……はい」

口の中に広がった鮭《さけ》の味は、リオンの知っているものよりずいぶん甘く感じた。

ラキスディートは、サーモンのタルトに次いで、鴨《かも》のコンフィと、雲を溶かしたような色の小さなゼリーを、リオンの口に入れる。

もぐもぐと咀嚼《そしゃく》している間に、すぐに別のものが差し出された。

それを続けていると、すぐに限界がやってきた。リオンはもともと食が細い。

「リオン、これも食べる？」

まだまだ食べさせようとするラキスディートに、リオンは首を横に振った。

「もう、おなか一杯ですわ、ラキスさま」

長い袖《そで》をぱたぱたと振り、じしんのおなかをぽんぽんとたたく。

ラキスディートは、それを微笑ましげに見て、リオンを抱き直した。

「リオンは本当にかわいいなあ」

「いっ、今の動作にかわいい要素なんて、どこにもありませんっ！」

リオンがわたわたと暴れるように抗議するのを、ラキスディートは笑って流す。

今までこんな笑顔を向けられたことがなかったから、リオンはどぎまぎしてしまう。

ここに来てからというもの、そういう感情ばかりをもらっている。

本当に、どうしてラキスディートはこんなに自分を好いてくれるのだろう。

――番《つがい》だから？

リオンの頭に言葉が浮かぶ。

ラキスディートは、リオンのことを何度もそう称した。

「番《つがい》、ってなにかしら」

「リオン？」

ラキスディートが、リオンの顔をのぞき込む。

その黄金の目に、一瞬、リオンの汚《きたな》らしい目が映っていた。

髪が横に流れて、リオンの片目があらわになっていたのだ。

「あ――」

ヒルデガルドの声が脳裏《のうり》に響く。

――汚《きたな》らしい目。この目を見たひとは、みんなお義姉《ねえ》さまのことを嫌いになってしまうわね。

やめて、と叫びそうになったけれど、声は出なかった。

リオンの体が震える。

それは、リオンの意思ではどうにもできないものだった。

「リオン⁉　どうしたの」

ラキスディートが、いっそう顔を近づける。リオンは、慌《あわ》てて顔を背《そむ》けた。

「やめて、見ないで、ラキスさま」

リオンは、か細い声でラキスディートに懇願《こんがん》した。

さっきは目を見られても平気だったのに、今はどうしようもなくそれが恐ろしい。

リオンは、ラキスディートに嫌われたくない。

嫌われたら死んでしまうとさえ思った。

彼がやさしいから？

違う。

綺麗な目が好もしいから？

それも違う。

頭が混乱する。なぜ彼に嫌われたくないのか、理解するための言葉を、リオンは持ち合わせていなかった。

「リオン！」

リオンの変調に気づいて、ラキスディートが叫ぶ。

リオンはラキスディートに嫌われたくない、目を見られたくないと怯《おび》え続《つづ》けた。

そして、思わず袖《そで》を振り回す。

「――いや！」

ガリ、と、リオンの爪がなにかをえぐった。

ツンと鼻をつく錆《さび》のようなにおい。

はっと我に返ったリオンは、じしんの指先を見る。

爪の間に、肉がある。もちろん、料理の肉ではない。

「リオン、大丈夫だ、大丈夫だから」

穏やかな声がする。リオンは、のろのろとラキスディートを見上げた。

ぐしゃぐしゃの赤毛の隙間から、美しい顔に縦に走る、赤い一線が見える。

リオンは、本当に心臓が止まってしまうかと思った。

「大丈夫、大丈夫だよ、リオン。大丈夫」

血の気が引いたリオンを、ラキスディートが両の腕でやさしく抱き締める。

ラキスディートの頬から雫《しずく》がぽたぽたと落ちて、リオンの白いドレスに真っ赤な染みを作っていくのを、リオンは呆然と見ていた。

「ごめ、ごめんなさ、ごめんなさい、ラキスさま」

「痛くないし、すぐに治る。大丈夫だよ、リオン」

目の奥が熱くなって、ラキスディートの姿がぼやける。

泣いてはいけない、泣いたら怒られる。嫌われる。

――だって、あのひとたちはそうだったから。

義父母と義妹の顔が頭をよぎって、息が苦しくなった。

リオンはラキスディートの頬に手を伸ばす。

血が流れている。これは、自分がやったのだ。

「ごめんな、さい」

先ほどまでの幸せな気持ちが崩《くず》れていく。

やっぱり、自分が幸せになるなんて、おこがましかったのだ。

自分はどこにいっても厄介者《やっかいもの》で、だれかを不快にさせることしかできないのだから。

「……リオン」

ラキスディートは、静かに口を開いた。

ああ、これで、幸せなときが終わる。そう思って、リオンは目を閉じる。

けれど、リオンに降りかかるはずの断罪は、いつまで経ってもやってこなかった。

代わりに、リオンの手がラキスディートの冷たく骨ばった手にそっと取られ、甲から指先までやさしく撫でられる。

「リオン、どこも怪我《けが》をしていない？　痛いところがあったら、すぐに治すよ」

ラキスディートは、微笑んでいた。切なそうに眉《まゆ》を下げて。

「ラキスさま？」

「ああ、爪に血が……リオンの手はとても綺麗なのに」

ラキスディートがなにか小さくつぶやくと、青いきらきらとした光が、彼の手にともった。

その手で、ラキスディートがリオンの指を覆《おお》って離す。すると、リオンの手についていたラキスディートの血肉は、跡形もなく消えていたのだった。

無意識に、リオンは唇を噛み締める。

「……どうして」

「リオン？」

不思議そうな表情のラキスディートに、リオンは問いかけた。

「どうして、怒らないんですか。わたくし、あなたを傷つけたんですよ」

「こんなものは傷のうちに入らないよ」

ラキスディートは、悲しそうな顔でリオンを見つめている。

「……っ、それでも！　わたくしなんかが、だれかに怪我《けが》をさせて、許されるはずがないんです」

リオンの声が、知らず荒くなった。

涙が盛り上がって、もうあふれ出しそうだ。

ラキスディートは、静かに問う。

「……それは、あの家族に言われたの？」

ラキスディートはリオンの両手を取って、握る。安心してはいけないのに、リオンはほっとしてしまうのを止められなかった。

「…………」

「そっか」

リオンが無言を貫《つらぬ》くと、ラキスディートが冷たい声を出す。

リオンは、今度こそ、お前が嫌いだと突き放されることを覚悟した。

けれど、やはり、訪れたのはあたたかさで。

気づいたときには、リオンより少しだけ体温の低いラキスディートの胸に、顔を埋《うず》めていた。

「ラキスさま……？」

「リオン、君が自分を嫌いなのは知っているよ。だから、私がふたり分君を好きになるって言ったんだ」

ラキスディートは言い聞かせるように、ひと言ひと言、言葉を紡いだ。

「だからって、君が君のことを追いつめるのを、黙って見ていたいわけじゃない。助けてって、何度だって言っていい。……違う、私が言ってほしいんだ、リオン。今はもう、君のことを守れるから。……君を、守らせてほしい」

ラキスディートが、リオンをかき抱いた手に力を込める。

「リオン、君を愛しているんだ」

――リオン、それでも君を、愛しているよ。

どこかで聞いた言葉が、今のラキスディートのそれと同じ響きをもって、リオンの耳によみがえる。

あれは、だれだったのだろうか。

「……どうしてラキスさまは、そんなにやさしいの」

リオンは、ラキスディートの胸に顔を埋《うず》めたまま、小さく尋ねた。

自分でもそうとわかるくらい、弱々しい声になった。

この世界に、こんなに自分にやさしいものがあるなんて、信じられない。

理由のないやさしさは怖い。

やさしいと思っていたヒルデガルドだって、最後はリオンを裏切った。

だからリオンは、ラキスディートがやさしい理由を知りたいのだ。

もう、どんでん返しはいやだから。

こんなに希望に満ちた生活を失ったら、リオンの足元は崩《くず》れ落ちてしまうだろう。

いっそ、これが夢ならいい。違う、夢だったなら今度こそリオンは死んでしまう。

現実がいい。いやだ、怖い。

ぐるぐる回る思考の中、リオンはそっと目を閉じた。

ラキスディートを、信じたい。

ラキスディートを信じる理由がほしい。それがあれば、きっと安心できる。

リオンの耳に、ラキスディートの声がまっすぐ届いた。

「君が、私の番《つがい》だから。理由は、それではだめかな」

ラキスディートは、小さく言う。

それはどこか、無理やり絞《しぼ》り出《だ》しているようにも聞こえた。

「……番《つがい》だから？」

リオンは、ラキスディートの言葉を繰り返す。そうして、彼の胸に耳を押しつけた。

そこから伝わる鼓動《こどう》は、少しだけ、先ほどよりも速い。

「番《つがい》は、竜にとって半身だ。とても大切な存在なんだ」

ラキスディートが深く考えながらそう言ってくれているのが、リオンにはわかった。

リオンにだって、好意の証明がとても難しいことは理解できる。

形のないものを、明確に示すのは困難だ。だからこそ、ラキスディートがリオンの納得できる理由を、必死に探してくれたのだとわかった。

「番《つがい》。それでは、だめかな」

ラキスディートがもう一度問う。

リオンは、ゆっくりと、ラキスディートへ視線を向けた。

リオンの目にかぶさった赤毛の隙間から、ラキスディートの黄金色《こがねいろ》の瞳が見える。

それをじっと見つめ、ややあって、リオンは大きく息を吸った。

「……信じます」

あんなに息を吸ったのに、絞《しぼ》り出《だ》した声は、やはり小さなものだった。

けれど、ひとつの理由を与えられたことで、リオンはようやく握り締めた手をほどくことができた。

「汚れてしまったね、服を着替えようか」

ラキスディートが、リオンの髪を撫でながら言う。

ぱさぱさの赤毛は、触《ふ》れても気持ちのいいものではないと思うのだけれど、ラキスディートはこの上ない幸せだというように、やさしくすいてくれる。

そうしてふと思い出したように、指先に光をともした。そして、それを扉の外に向かって放る。

しばらくして、ラキスディートが投げた光の珠《たま》が届いたのだろう、ノックの音が響き、ラキスディートの応《こた》えを待って扉が開いた。

「リオンお姉さまのドレスをお持ちしました」

先ほどとは違い、きらきらと輝く白銀の髪を緩くまとめたエリーゼベアトが、後ろに数人の召使を連れて入ってくる。

その手には、やはり裾《すそ》や袖《そで》の長いドレスがあった。

ただひとつリオンが今着ているものと違うのは、それは目の覚めるような光沢《こうたく》のある、深い青色をした絹《きぬ》のドレスであることだった。

「まあ……綺麗……」

ほうとため息をつくと、エリーゼベアトは愛《め》でるようにリオンを見つめ、顔を綻《ほころ》ばせた。

「これは、十年ほど前でしょうか。お兄さまがご用意されていたお衣装なのですよ」

エリーゼベアトが、衣装を広げてリオンに見せる。

十年前のものというけれど、まったく劣化《れっか》の跡が見えない。

「十年前は、ドレスを作るなんて気が早いと思いましたが……リオンお姉さまのような愛らしい方なら、そうしたくなるのも納得ですわね」

「ラキスさまは、そんなに昔からわたくしのことをご存じでいらしたの？」

驚いて尋ねたリオンに、エリーゼベアトはうなずく。

「ええ。どんなに遠くにいても、竜は己《おのれ》の番《つがい》を感知できるのです」

なんでもないように、エリーゼベアトは言う。それから、ラキスディートを極寒《ごっかん》の冷たい目でちらと見やった。

「我らが偉大なる竜王陛下？　淑女の着替えを見るなどということは、当然、されませんと信じておりますよ」

「わかっている。だが、準備ができるまでは一緒にいる」

ラキスディートが、膝《ひざ》の上のリオンをぎゅっと抱き締める。

この体温が安心できると思ってしまったから、リオンももう少しここにいたかった。

ラキスディートの白い服をきゅっと握って、彼の顔を見上げる。

前髪越しに目が合って、ラキスディートは心の底から幸せそうに笑った。

なんだか、ドキドキしてしまう。

シャルルに感じていたものと、似ているようで違う。

けれど、ある一点において、どこまでも同じ気持ちをラキスディートに抱《いだ》いた。

慕《した》わしさ、懐かしさ。……いいや、違う。

これは、離れがたいという想《おも》いだ。

リオンはシャルルにも、まったく同じ想《おも》いを抱《いだ》いていた。そもそも、離れるどころか会うことすらなかったのに。

リオンはまるで、思い出の中のシャルルと、今目の前にいるラキスディートが、同じひとであるような錯覚《さっかく》に陥《おちい》った。

「リオン？　どうしたの」

「ええ、と……」

ラキスディートの声が、なんだか記憶を刺激する。リオンが首を傾げたとき、背後のエリーゼベアトがこほん、と咳払《せきばら》いをした。

「陛下、リオンお姉さま。いちゃいちゃするのは大変よろしいことですが、清潔な服を着るのも、大変、大切なことですよ」

エリーゼベアトが気まずげに言う。リオンは、ラキスディートととても近い距離にいることをやっと自覚した。

急に恥ずかしくなって、ラキスディートの膝《ひざ》から下りようとうつむく。

するとラキスディートはそうっと抱き直すようにして、リオンの足を床につけた。

「裾《すそ》が長いから、気をつけてね」

「はい、ラキスさま……」

照れが先行して、ラキスディートの顔が見られない。

ラキスディートが名残惜《なごりお》しげに振り返りながら部屋の外へ出ていくまで、リオンの頬は熱を高め続けた。

「リオンお姉さまは、陛下からとても愛されておりますね」

「え、あ、ええ……」

言葉にされたことにより、リオンはますます挙動不審《きょどうふしん》になる。エリーゼベアトは、それを愛《いと》しいもののように見つめた。

しゅるしゅると衣擦《きぬず》れの音をさせながら、エリーゼベアトが美しい青のドレスをリオンに着付ける。

エリーゼベアトはドレスをリオンに巻きつけるようにしたあと、前を留めた。

紐《ひも》が腰の真ん中で結ばれ、そこには大きなリボンのような飾りがつけられる。流れる滝《たき》のような印象を受けるドレスだ。先ほどのゆったりとしたドレスとは、違うデザインだった。

けれど共通しているのは、どちらもコルセットを着用しない、すとんとしたドレスであるということ。そして、裾《すそ》や袖《そで》が、引きずるほどに長いということだった。

不思議なのは、裾《すそ》と袖《そで》以外は、リオンにぴったりなことだ。

まるでリオンのためにあつらえたように、体に馴染《なじ》んでいる。

それゆえに、歩くのも困難なほどとにかく長いことが、余計に気になった。どうにもアンバランスで、リオンは首を傾げる。

「エリィ。どうして、このドレスはこんなに長いの?」

「ああ、お義姉《ねえ》さまは竜ではありませんものね。このドレスは、竜の文化のひとつ、と申しますか」

テキパキとリオンを飾りつけながら、エリーゼベアトが微笑んだ。

――竜ではない。

なんでもないように言われた言葉が、なぜだかリオンの胸にちくりと刺さる。

それを気取られないよう、リオンも口元を緩めた。

エリーゼベアトはそんなリオンに気づいていないようで、説明を続ける。

「竜が雄《おす》の場合ですが、竜王国には蜜月という文化があるのです。蜜月というのは、竜の雄《おす》が番《つがい》と出会い、巣……居住場所ですね、に連れてきてから、自《みずか》らの時間すべてを雌《めす》のために使い、竜の雄《おす》が番《つがい》を独占しても許される期間なのです。その間は竜王でも一切の仕事を免除されます。お姉さまの場合は、お相手が竜王ですので、蜜月の期間が最初のひと月とはっきり決まっていて……。ですから、おふたりの蜜月は、お仕度がすべて終わってから始まることになっていますの。お仕度のひとつでもあるこのドレスは蜜月の装束《しょうぞく》で、竜の雄《おす》が番《つがい》に決して不自由させないよう世話をする、という意思表示なのですわ。裾《すそ》が長いほど寵愛《ちょうあい》が深いという意味もあります」

そこまで言って、エリーゼベアトははっとしたようにリオンを見る。

「も、もしや動きにくいのはおいやでしたか？　そうでしたら、すぐに別のものを……！」

「い、いいえ、違うのよ。エリィ。不思議だっただけなの」

エリーゼベアトは、涙目でリオンを見る。彼女は本当に表情豊かだ。

出会って間もないけれど、リオンはエリーゼベアトのそういうところが、とても好もしかった。

後ろで、召使たちがエリーゼベアトとリオンをおろおろと交互に見ている。

リオンは、どうしようかしらと悩み、空気を変えるために思いついたままを口にした。

「ところでエリィ」

「はい！　なんでしょうか！　お姉さま！」

エリーゼベアトが背筋を伸ばす。

リオンは、なんだかそれが微笑ましく思えた。

「番《つがい》、というものを、詳しく知りたいの。少しなら知っているのだけれど……まだよくわからなくて。手間でなければ、教えてほしいのだけれど」

「手間だなんて！　リオンお姉さまのお役に立てることに、手間などありませんわ！　そうよね、皆さん！」

エリーゼベアトが振り返る。召使たちは、一様にブンブンと首を縦に振った。

「当然です！」

「リオンさまのお役に立てることこそ、我らの幸せですわ！」

「なんてかわいらしいのでしょう。慎《つつし》み深《ぶか》く愛らしい姫君とは、こういう方なのですね！」

召使たちは拳《こぶし》を握り締め、揃《そろ》って力説する。

リオンを褒《ほ》めちぎる召使たちの熱量が燃えんばかりになった頃、エリーゼベアトはそれを手で制した。

リオンは彼女たちの勢いに、目をぱちぱちとしばたたく。

「皆さま、お世辞？　がお上手ね……」

「お世辞ではありませんわ」

エリーゼベアトはリオンが呆然とつぶやくのを微笑んで見つめたあと、こほん、と咳払《せきばら》いをして話し始めた。

「お姉さまは、竜にとっての番《つがい》について、どこまでご存じですか？」

「なにも……ううん、そうね、竜にとって大切な伴侶《はんりょ》、ということくらいかしら」

「よくご存じでいらしていますね。人間でそこまで知っている方はあまりおりません。素晴らしいですわ」

エリーゼベアトは、出来のいい生徒を褒《ほ》めるように声を弾《はず》ませた。

家庭教師はもちろん、義理の家族にもそうやって褒《ほ》められたことなんてないから、リオンは思わず顔を熱くする。

「あの、ええと、うれしいわ。ありがとう」

「とんでもございません」

エリーゼベアトは黄金の目をやさしく細めて、リオンを見つめる。

その目がラキスディートのそれとそっくりで、リオンはどぎまぎしてしまった。

「まず、番《つがい》は竜にとっての伴侶《はんりょ》。それは正しいです。ただ、少し違うのは、竜が子孫を残せるのは、番《つがい》との間でのみ、ということ。そのため、竜は人間や獣人より、ずっと数が少ないのです」

リオンにも理解できるように心がけてくれているのか、エリーゼベアトはゆっくりと話す。

「……けれど、番《つがい》、が……ええと、あの、番《つがい》を喪《うしな》ってしまったら、どうなるの？」

リオンは、思ったことを素直に口にした。

リオンだってラキスディートがあのとき来てくれなければ、きっと国外追放されて、野垂《のたじ》れ死ぬかどうかしていたはずだ。

そうしたら、ラキスディートは番《つがい》を亡くしていたことになる。

「そのときは、番《つがい》がまた生まれるまで待つ必要があります」

エリーゼベアトは微笑んで言った。なんでもないような口調だが、少し切なげだ。

「番《つがい》が、生まれる？」

「ええ。この世界には、生まれ変わりというものがあります。同じ魂《たましい》を持つものが別の存在に生まれる……。竜は、その相手を何百年、何千年も待ちます……たとえ、相手が草木になっても、その相手を愛するために」

リオンの問いに答えたエリーゼベアトは、そっと胸に手を当て、寂しそうに笑う。そして、すい、と窓の外を見下ろした。

そこには、枯《か》れた巨木が倒れている。それは片付けられることなく、朽《く》ちるままにされていた。

「私の番《つがい》は、百年ほど前に死にました。私よりずっと年上の、サクラの木でした」

エリーゼベアトは、枯《か》れたサクラを愛《いと》しげに見つめている。

きっとエリーゼベアトには、カーテンの向こうに、生きていた頃のみずみずしいサクラの木が見えているのだ。

リオンは、きゅっと唇を結ぶ。

「湿っぽい話をしてしまいましたね、すみません。けれど、竜は寿命も長く、気も長いのです。待てるだけ、ずっと待ちます」

リオンの表情を見て、エリーゼベアトはころころと笑った。

けれどリオンにだって、両親を喪《うしな》ったことは忘れられないくらい悲しいことなのだ。

エリーゼベアトが悲しくないわけがない。

リオンは、エリーゼベアトの手をそっと握った。

「……あ、あの……」

けれど、どうしても言葉が出ない。

なにを言えばいいのかわからなくて、リオンはただ、前髪の向こうのエリーゼベアトを見つめるだけだった。

「お姉さまは、本当におやさしい……」

エリーゼベアトが笑う。なんだか、おなかが満たされたような顔をしていた。

「私の番《つがい》は、話せない方でしたけれど。魂《たましい》の色が、リオンお姉さまとそっくりでしたわ」

リオンが戸惑《とまど》って目をしばたたくと、エリーゼベアトは最後の帯紐《おびひも》を締め終えて、リオンをソファへ導いた。

「さ、続きをお話ししましょうか。皆さん、お茶とお菓子の用意をしてちょうだい」

ぱんぱん、とエリーゼベアトが手を叩くと、召使たちが動き出す。

ドレスを片付け、装飾品や色とりどりの紐《ひも》を箱にしまうもの、白いポットで薄紅色《うすべにいろ》のお茶を白磁《はくじ》のティーカップに注《そそ》ぐもの、花びらの砂糖漬けやクッキーを用意するものに素早く分かれる。

準備が整うと、エリーゼベアトが話を再開する。

「先ほどは私の番《つがい》の話をいたしましたが、私の場合は特殊《とくしゅ》です。通常、竜の番《つがい》が死ぬことはありません」

それを聞いて、リオンは目を丸くした。

「守ってくれる……から？」

「それもありますが、竜は番《つがい》に自分の寿命を分け与えることができるのです」

エリーゼベアトは、薄紅色《うすべにいろ》のお茶に自分から口をつける。遠慮していたリオンを促《うなが》したのだろう。

リオンもお茶を口に含むと、ふわりとした花の香りが鼻腔《びくう》を抜ける。

甘みは少なく、華やかな風味だけが舌に残るのが心地《ここち》よい。

様々なハーブの入ったクッキーをつまみながら、エリーゼベアトは切なげに笑った。

「私の場合、寿命を送り込もうとしたときに、拒否されてしまったのですが」

「拒否……」

「きっと、私は失恋したのですわ。小娘なんて、あの方の好みではなかったのでしょう」

いいえ、とリオンは思わず口にしていた。

「違うわ、エリィ。違うと思うの」

「リオンお姉さま?」

リオンは、エリーゼベアトの番《つがい》の気持ちがわかるような気がした。

ラキスディートは、自分よりずっと優《すぐ》れていて、幸せにしてくれる相手と結ばれたほうがいいのではないかと思うから。

リオンは、ラキスディートが自分を好もしいと思ってくれることに、番《つがい》という理由を与えられて安心できた。

けれど、番《つがい》という立場でラキスディートを縛《しば》ってしまうことが辛《つら》いとも思うのだ。

「……きっと、そのエリィの番《つがい》は、エリィに幸せになってほしかったんだわ」

それが真実かはわからない。リオンは、そのサクラの木ではないから。

けれど、リオンならきっとそう思う。

会話ができない木――ひとよりずっと劣《おと》ったリオン。

今の自分では幸せにできないから、次に現れる魂《たましい》の番《つがい》と幸せになってほしい。

たとえそれが、自分とは別の存在であっても。

「……ばかね」

エリーゼベアトの声が震える。

余計なことを言ったのかもしれない。

リオンはそう不安になったが、エリーゼベアトは白くたおやかな手で抱き締めてくれた。

「リオンお姉さま。あなたがお兄さまの番《つがい》で、本当によかった」

エリーゼベアトは静かに言った。

そうして、更に続けたのだが――

「私、お姉さまを絶対にお守りいたしますわ。絶対お兄さまのお子を産んでくださいませ。そうして、幸せになってくださいな！」

エリーゼベアトがリオンから体を離す。

うきうきした表情を隠さないで、彼女は笑った。

そこにはもう悲しみの色はなく、ただ前向きなエリーゼベアトというひとりの竜がいて。

「え、あ、あえ……？」

リオンはほっとすると同時に、先ほどのしっとりした雰囲気《ふんいき》はどうしたのかと、その温度差についていけなくなった。

「そ、それにしても、番《つがい》を見つけるのは大変なのね」

気を取り直してリオンが疑問を呈《てい》すると、エリーゼベアトが素早く答える。

「そうですねえ。けれど、番《つがい》が存在するか否《いな》かは、竜にはわかります。すべての竜は魔力によって、番《つがい》の気配を感じることができるのです。一概にそうとは言えませんが、魔力が強いものほど気づきやすいとか。魔力と番《つがい》には非常に大きな関係があります。番《つがい》がこの世に存在するだけで魔法の威力が上がったり、制御《せいぎょ》しやすくなったり……」

「ということは、番《つがい》を見つけるには個人差がありそうね」

「その通りです」

エリーゼベアトは、理解が早くて助かります、と笑った。

背後の召使たちは、「まこと聡明《そうめい》な番《つがい》さまです！」と小さな声ではしゃいでいる。

リオンは少し恥ずかしくなりながら、エリーゼベアトに意識を戻した。

「ですので、番《つがい》が成人してから気づくものも、幼い頃に気づくものもいます。陛下などは、ちょうど十年前に気づいたそうですね」

思い出すように、エリーゼベアトが言う。

――十年？

リオンはそれに、ひっかかりを覚えた。

「ラキスさまは、わたくしが小さな頃から気づいていらしたの？」

「ええ。そう聞いております。陛下は非常に強い魔力を持っておりますので、リオンお姉さまの存在がすぐにわかったようです」

エリーゼベアトはぐいっとお茶を飲み干す。

「竜の番《つがい》探しは、それはもう必死になります。私の番《つがい》はサクラの木だったと申しましたが、同じように草木や、動物の可能性もあり……その、人間や獣人が食べる家畜《かちく》や畑の住人に生まれていることもあるのです」

リオンははっと口を押さえた。

今、食べたものはなんだったか思い出し、血の気がさあっと引く。

「大丈夫ですわ、お姉さま。竜の食べ物は魂《たましい》が宿らぬよう、そのための箱庭で作られております。お姉さまの食事に、どなたかの番《つがい》が入っていることはありません！」

慌《あわ》てた様子で、エリーゼベアトが補足する。リオンは少しほっとした。

「そ、そう？　よかった……」

「と、ともかく、そういったわけで、陛下もお姉さまを捜されたのです。竜王陛下の番《つがい》さまですから、その旅に出ることに、竜王国の民草の否《いな》はありませんでした」

——捜した？　旅？

エリーゼベアトの言葉に、先ほどまで安堵《あんど》していたリオンの思考が、一瞬止まった。

まるで、なにか小石のようなものが喉《のど》に詰まっているみたいだ。

エリーゼベアトがリオンのお茶が減っていることに気づいて、召使を呼ぶ。

リオンは呆然と、注《そそ》がれていくお茶の水面を見ていた。

「けれど、本当にようございました。お姉さまが無事に見つかり、次世代も安泰《あんたい》です。なによりお姉さまはこんなに素敵な方で……」

エリーゼベアトの声がよく聞こえない。

リオンとラキスディートが会ったのは、リオンが「助けて」と口にした、あのときが初めてだ。

それなのに、ラキスディートは十年もの間リオンを探し続けていたというのか。

ふいに、リオンの知らない光景が脳裏《のうり》をよぎる。

幼いリオンが、ラキスディートの頭に花冠《はなかんむり》をのせて、微笑み合っている。

そんな、夢みたいな情景が、頭に浮かんでくる。

ありえないのだ。だって、リオンはそれを忘れている。

——忘れている？　知らない、ではなくて？

自分の考えたことが理解できず、リオンは戸惑《とまど》った。

「お姉さま？」

エリーゼベアトがリオンの肩に触《ふ》れる。

それで我に返ったリオンは、なんでもないように笑って見せた。

「あ、ええ、なにかしら、エリィ。ごめんなさい、ぼうっとしていて」

「リオン、着替えは終わった？」

そのときラキスディートの声がして、リオンは扉のほうへ視線を向けた。どうやら、ずっとそこで待っていたらしい。

リオンが「はい」と答えると、すぐに扉が開いて、ラキスディートが姿を現す。

どうしてか、その表情が優《すぐ》れなくて、リオンは首を傾げた。

「どうなさったのですか？　ラキスさま」

「……リオン」

ラキスディートはしばしリオンの顔を見つめた。エリーゼベアトや召使は不思議そうな顔をするが、それを意に介する風はない。

彼はどこか不安げな眼差《まなざ》しで、リオンの奥底にあるものを深くまで見ようとしているように思えた。

「わたくし、なにかおかしなところがありますか？」

「いいや、ないよ。とてもかわいい。リオンはいつだって世界で一番かわいい」

リオンの問いに、ラキスディートは真剣な顔で答えた。

それがあまりにも真面目で、リオンはドギマギしてしまう。

顔をほんのり熱くしたリオンを見て、ラキスディートはやっと安心したような顔をする。

だから、リオンは先ほどの不安を、少し遠くに持っていくことができた。

「この衣装は、ラキスさまが用意してくださったと伺《うかが》いましたわ。ラキスさま、素敵なドレスをありがとうございます」

リオンが柔らかく言葉を紡ぐと、ラキスディートが穏やかな声で返す。

「気に入ってもらえてうれしい。糸の一本一本に私の魔力を混ぜているから、リオンがそれを着ている限り、なにからも守れるよ」

「魔力……」

リオンは感動しながら、改めてじしんのドレスを眺める。ラキスディートは、少し得意げにうなずいた。

「うん、竜の雄《おす》の番《つがい》が他種族のとき、蜜月の衣装に使う素材は竜が用意するんだ。竜ではない番《つがい》を守るための最強の鎧《よろい》、というには心もとないのだけれど」

「お姉さま、陛下はこう言いますが、竜王国最強の陛下の魔力が注《そそ》がれた蜜月のドレスは……生半《なまはん》可《か》な力では傷ひとつつけることができません。もっと言えば、竜王国の兵士の着ている鎧《よろい》より丈夫なもの。過剰防衛《かじょうぼうえい》なほどです」

エリーゼベアトは呆《あき》れ半分といった様子でリオンに説明する。

それを聞いてしまうと、自分はとんでもなく価値のあるものを着ているんじゃないかと緊張してしまった。

「本当に、すごい……」

竜の愛情とは、番《つがい》というだけで、かくも深く注《そそ》がれるものなのだ。

番《つがい》というものは、本当にすごい。

もしも、リオンがラキスディートの番《つがい》でなければ、これほど愛されはしなかっただろう。

ラキスディートは番《つがい》だから、自分を大切にしてくれる。

それはわかっている。彼の子孫を残せるのはリオンだけなのだから。

それで満足すべきだし、番《つがい》というたしかな理由がある幸福に、感謝すべきなのだ。

だって、自分は愛される価値のない人間だ。

アルトゥール王国のひとたちに向けられた眼差《まなざ》しが、今もリオンの背に、手に、足に、顔に、ちくちくした感覚として残っている。

「お姉さま、お茶のおかわりはいかがですか？」

「リオン」

エリーゼベアトが焦《あせ》ったような声を出し、ラキスディートがリオンを呼んだ。

ふたりとも、リオンの様子を心配しているようだ。

なにも悲しくないのよ、大丈夫。心配をかけてごめんなさい。

痛んで詰まった胸を抱《かか》えたままでは、口に出して伝えることは難しかった。

リオンはラキスディートたちに「ありがとう」と短く返す。

——番《つがい》でなくとも、愛してほしい。

その言葉を胸の奥にしまい込んで、リオンは前髪に隠した目を細めて笑った。

第三章

リオンが竜王国にやってきてからひと月が経った。

竜王国のひとびとはやさしく、リオンを大切にしてくれる。

ラキスディートは相変わらず、リオンを愛《いと》しいと言って、何度も抱き締めてくれた。

リオンは、うれしかった。

けれど、ふと漠然《ばくぜん》とした不安に襲われることがある。

この頃、リオンは夢を見るのだ。

婚約を破棄されたあの日。

最後に信じていた、ヒルデガルドの歪《ゆが》んだ笑み。彼女が、発した言葉。

——本当に、ばかなお義姉《ねえ》さま。

そうして、次に現れるシャルルの軽蔑《けいべつ》したような眼差《まなざ》しが、夢の中のリオンに突き刺さって、いつも叫びながら起きる。

——やめて、だれか助けて!

いつもその手を取って、リオンを目覚めさせてくれるのは、シャルルよりずっときらきらと輝く白金《はくきん》の髪を持つ、美しい青年——ラキスディートで。

この現実が、夢だったらどうしよう。そう思って泣くリオンをあやすのだ。

やさしいエリーゼベアト。やさしい召使たち。

彼らが急に、リオンをあの目で見たら。

好きだと微笑んで、リオンを見つめてくれるラキスディート。

彼の好意が、ある日突然ひっくり返ったら。

自分はラキスディートの番《つがい》だから、そんなことがあるわけない。

だけど、リオンの心の奥深くに刺さったとげが、それを受け入れてくれない。

それだから、自分は臆病《おくびょう》で情《なさ》けない、愚図《ぐず》なのだ。

自分は、本当に、ばかな女だ。

「リオン、君が大好きだよ」

今日も、ラキスディートはそう言ってくれる。

「……ぁ」

けれど、リオンはラキスディートの「好き」という言葉に、なにも言えない。

感謝すら言えない、返事もできない。

それでも、ラキスディートは非難の言葉を口にしなかった。

ただ、リオンの背をやさしく撫でるだけだ。

「君がまだ、好意を信じられないのは知っているよ。リオン」

「ごめんな、さい」

「違うんだ。君の十年は、ひどく重い十年だ。傷が癒《い》えないのは、当たり前だ」

謝る必要なんてないと、ラキスディートは微笑む。リオンはうつむいて唇を噛んだ。

「ごめんなさい、違うの」

リオンは、ゆるゆるとかぶりを振る。

リオンは、このひと月、竜王国のひとたちや、ラキスディートの泣きたくなるほど大きなやさしさに、胡坐《あぐら》をかいて甘えているだけだった。

それしか、しなかった。

ただもたれかかるだけ、ただ頼るだけ。やさしさを受け取って、なにも返せないリオン。

それがどれだけラキスディートへの不義理か、わからないわけがない。

何度も、心の中でつぶやいていた。

――ラキスさまが好き。大好き。

だから、ラキスディートへ好意を返したい。心を差し出して微笑みたい。

「わたくしは、あなたが……」

それなのに、いつも、いつも、その先は口に出せなかった。

言葉は喉《のど》の奥でせき止められて、ただ息が漏れるだけ。

心配そうに、ラキスディートがリオンの頭を抱き締める。

あたたかさを感じて、リオンは息をした。こうしてもらうと、息がしやすい。

リオンは、そんなことも伝えられないいじしんのことが、大嫌いだと思った。

「リオン、庭を見てみない？」

ラキスディートが、ふと、思いついたように言った。

落ちていくばかりの思考が中断されて、リオンは上目でラキスディートを見る。

「庭、ですか？」

「うん。あのね、そういえば、リオンはここの庭を見たことがなかったなと思って」

リオンはそれを聞いてようやく、自分がここひと月、ずっとこの部屋にばかりいることに思い至った。

というのも、リオンが栄養失調でろくに動けない有様だったからだ。

竜王国のひとは、虐待《ぎゃくたい》じみたことをしたリオンの義理の家族に、ひどく怒っていた。

そのため、ラキスディートは初日からずっとリオンを膝《ひざ》から下ろそうとせず、エリーゼベアトはリオンの食事を滋養《じよう》のあるものにすべて変えてくれた。

おかげで、今は体調は芳《かんば》しく、生活に支障のないほど回復した。

だから、ラキスディートに庭に行こうと言われ、リオンはとても浮き立つ。

リオンはもともと竜王国を好もしく思っていたし、もっと知りたい気持ちもある。

ここに来てから本はたくさん読んだけれど、竜王国の自然物を実際に見られる機会は魅力的で、そわそわしてしまうのだ。

「ぜひ……！」

リオンは、長い前髪を揺らして、伸び上がるようにしてラキスディートの首に抱きついた。

そして、はっと気づいてその手を離す。

なんて行きすぎた行為だと、リオンは自分を恥じた。

ここ数日のことだが、ときたま、こういうことがある。

まるで十にも満たぬ子どものように、ラキスディートに抱きつくと、かつていつもそうしていたとでもいうほど懐かしさすら覚える。

ラキスディートを恐る恐る見上げると、うれしげだった。リオンは思わず顔を背ける。

「あ、あの、ごめんなさい、ラキスさま」

「どうして？　私はうれしいよ。リオンが甘えてくれて」

「甘え……？」

リオンはおうむのように、同じ言葉を繰り返した。

亡くなった両親以外に甘えたことがないから、これがそういうことなのか、わからない。

もしそうだとしても、ラキスディートに甘えることは悪いような気がする。

「君が甘えてくれてうれしい。リオン」

「そう、ですか」

ラキスディートの笑顔を見て、リオンは胸を押さえた。

なんだか、息をするのに力が必要だった。

ラキスディートはリオンを抱《かか》えなおして立ち上がる。

そして彼は、リオンの裾《すそ》の長いドレスを引きずらぬよう気を配りながら、部屋を出た。

昼間だというのに、廊下には燭台《しょくだい》に火が明々とともっている。

それが、凹凸《おうとつ》のない艶《つや》やかなガラス張りの窓から差し込む日と交《まじ》わって、あたたかな光を広げていた。

「今日は、なんだか桃色のような……不思議な色の火なんですね」

この廊下の火は、すべてラキスディートの魔法でともされている。

ラキスディートは、「魔力の供給源である特権だ」と言って、明かりを自分の好きな色に変えているらしかった。

その色は日によってまちまちだが、今日は桃色にしたようだ。

ラキスディートは、リオンの問いにうなずく。

「うん、リオンの髪色に似せてみたかったんだけれど、やっぱりこうして見ると、全然違うね」

「それは……」

こんなありふれた赤毛と比べては、せっかくの魔法の火がかわいそうだ。

それにしたって、自分の髪に似せるなんて、趣味が悪いとしか言えないけれど。

リオンならもっと、やさしい色にする。

銀のような、金のような、日の光を受けてきらきらと輝くあたたかな光。

そう、言うなら、ラキスディートの髪色のような――

そこまで考えて、リオンははっと我に返った。

なんて恥ずかしいことを考えていたのだろう。

まるで、頭の中がラキスディートで埋《う》め尽《つ》くされているみたいだ。

するとラキスディートが小さく笑い声を漏らした。

「私の髪色が好きだなんて、うれしいことを言ってくれるね」

「え、今の、声に出ていましたか……？」

うろたえたリオンの頬を、ラキスディートの手がそっと撫でる。

「リオンは考えていることを口に出しやすいから。そうなったのは、最近になって、だけれど」

そう言ったラキスディートの顔が、ほんの少しだけ陰った。

近くにいるリオンにしか気づけないくらい、小さな変化。

たしかに、ひと月前までは、リオンが余計なことを言えば、すぐに折檻《せっかん》を受けていただろう。

けれど今は毎日があたたかくて、そんな日々があったことを、ときおり忘れてしまうくらいだった。

「ラキスさま。わたくし、今は毎日、とても幸せですわ」

「……ありがとう、リオン」

リオンが微笑むと、ラキスディートは驚いたような顔をする。けれど、やがて屈託《くったく》ない笑みを浮かべた。

「この炎《ほのお》の色は、たしかにリオンの髪に似せたけれど、どう考えたって、リオンの髪のほうが綺麗だ。リオン、私は、そう思うよ」

私は、というところを強くして、ラキスディートは言った。

そして、彼はかつん、と一歩を踏み出す。

同時に、リオンは抱きかかえられた背中から、明るい光が差したのを感じた。

もう庭に着いたのかと、リオンが背後を振り返ろうとしたとき、ラキスディートが再び口を開いた。

「リオン、見てごらん」

ラキスディートが抱きかかえたままのリオンの体をくるりと回す。

彼と同じほうを向いたリオンが見たものは――一面に広がる薔薇《ばら》の花だった。

それも、青い大輪の花が生垣《いけがき》をいくつも作って、庭園を囲むように、のびのびと枝葉を伸ばしている。

剪定《せんてい》されている様子はなく、まったく自然にこうなったというようで、リオンは目をみはった。

「わ、ぁ……！」

「びっくりした？　リオン」

「ええ、はい！　ええ！　すごい！　素晴らしいわ……！」

リオンは青い薔薇《ばら》を見たことがなかった。

当然だ。多くの研究家が努力を重ねても、青い薔薇《ばら》は未だこの世に存在しないと言われているのだから。

それが、一面に、美しく咲《さ》き誇《ほこ》っている。

リオンは感激を禁じえなかった。

「色水につけた青薔薇《あおばら》は、義妹が見たと申しておりました。わたくしは見たことがないのですけれど、こんなに深い青なのですね……！　これも、魔法なのですか？」

「いいや、魔法で、というわけではないんだ。もともと竜王国には、これより薄い色の青薔薇《あおばら》が自生していてね。その中で、魔力が満ちて突然変異を起こしたものを、何代か前の竜王が増やして、だんだんこんな青色になったそうだよ」

そう言って、ラキスディートは青い薔薇《ばら》を一輪、そっと手折《たお》った。

驚くリオンに、ラキスディートは微笑んで言う。

「ただ、魔力の副作用なのか、魂《たましい》が宿ることはないみたいだ。だから、国から出せば色も消える。人間は見たことがないのも当然だ。そもそもここに来られる人間は、竜の番《つがい》だけだからね」

「そうなのですね……」

この世界には、リオンの知らないことがまだたくさんあるのだ。

とげを取り去り、ラキスディートが持たせてくれた薔薇《ばら》の匂《にお》いを、リオンはすう、と吸い込んだ。青薔薇《あおばら》からは、とてもいい匂《にお》いがした。

ほのかに胸の内があたたかくなるような香りは、きっと、その薔薇《ばら》のものだというだけではないのだろう。

ラキスディートがくれた薔薇《ばら》だから、こんなに好もしい匂《にお》いがするのかもしれない。

「ラキスさま、少し下ろしてくださいな」

「うん、いいよ」

ラキスディートはそう答えて、リオンを抱いたまますその場にしゃがみ込んだ。けれど、その腕を離そうとはしない。

リオンは下ろしてほしいと言ったはずで、視線を下げてほしいと言ったわけではないのに。

「ラキスさま、これは下ろすという意味ではありませんっ！」

リオンが抗議の意を込めてラキスディートを見つめると、彼は逆に幸せでたまらないというように、へらっと笑って見せた。

「ごめんごめん、リオンがあんまりかわいいから」

かわいいことをした覚えはまったくない。

失礼だとは思うが、たまにラキスディートの目は節穴ではないかと思うときがある。

ラキスディートは、リオンがなにをしても愛《いと》しいと、かわいいと言う。

この調子なら、リオンがただ眠っているだけでもそう言いそうなくらいだ。

「ラキスさま。わたくし、番《つがい》だから愛《いと》しまれているのは存じております。けれど、さすがにそのように見境《みさかい》がないと、皆さまがご不安に思われるのではないですか？」

暗に、ラキスディートはリオンを猫かわいがりしすぎだ、と言ったのだが、今度はなぜか、少し離れたところで待機している召使たちがわっと涙を流し始めた。

「我々の心配までしてくださるなんて……！」

「番《つがい》さまはほんに素晴らしいお方です……！」

なぜかリオンの株がどんどん上がっているような気がしてならない。

リオンは気恥ずかしさをごまかすように、手に持ったままの青薔薇《あおばら》の香りをそっとかいだ。

やはり、華やかで甘い、心地《ここち》よい匂《にお》いだ。

リオンがうっとりと目を細める。

すると、ラキスディートはいつの間にか召使に足の細いガーデンチェアを用意させていて、リオンをそっと座らせた。

クッションをもふっと敷《し》いたそれは、まるで雲に乗っているかのように柔らかい。

相変わらず過保護だなあ、という気持ちが、リオンの心にじんわり広がっていく。

――相変わらず？

リオンが、脳裏《のうり》に浮かんだ言葉に疑問を感じ、首を傾げた、そのときだった。

「竜王陛下、番《つがい》さまとのお時間をお邪魔して申し訳ありません。しかし、火急、お耳に入れたいことが……」

召使とは少し違った服装の青年が、リオンたちの側《そば》にやってくる。

リオンが彼に視線をやると、ラキスディートが「この国の宰相《さいしょう》だ」と教えてくれた。

宰相《さいしょう》だという青年は、リオンよりも濃い、燃えるような赤毛を肩で切《き》り揃《そろ》えている。顔は布で隠しており、リオンにはそれを知ることがかなわない。

リオンの視線に気づいて、青年が静かに礼をとる。

「お初にお目にかかります。竜王陛下の番《つがい》さま。自分は、イクスフリードと申します。少々、陛下をお借りしてもよろしいでしょうか」

「おい、リオンを見るな話しかけるな」

ラキスディートが、イクスフリードをギロリと睨《にら》んだ。イクスフリードは肩を竦《すく》める。

「そんな、減るものじゃあるまいし……。第一、自分は既婚者ですよ」

「減る」

「さいですか」

イクスフリードは呆《あき》れたような声を出して、はあ、とため息をついた。

なんだか苦労していそうな雰囲気《ふんいき》を感じて、リオンは目をぱちぱちとしばたたく。

その様子に気づいて、イクスフリードが微笑んだ、ように見えた。

「まこと、かわいらしい番《つがい》さまです。妻の昔の初々《ういうい》しさを思い出します」

イクスフリードは穏やかに言うが、一方のラキスディートは不機嫌《ふきげん》そうで、つっけんどんに返す。

「そうか。で？　用件は」

「そうでした」

イクスフリードは声をひそめ、ラキスディートに向き直った。

そして指先を動かし、青い光の珠《たま》を作る。すると、イクスフリードとラキスディートの周りに、水の膜《まく》のようなものが張り巡らされた。

ラキスディートが、顔をしかめている。

その直後、リオンの側《そば》に召使が歩み寄ってきた。彼女はことりとカップを置いて、お茶を注《そそ》いでくれる。

「ありがとう」

リオンが言うと、召使がにっこり微笑む。

「今日は青薔薇《あおばら》をご覧になるとのことでしたので、青薔薇《あおばら》の花茶です」

「本当……素敵ね」

リオンの意識は、ラキスディートたちからお茶にそれた。――という風に、装《よそお》った。

膜《まく》の中の音は聞こえないらしい。

きっと、リオンに聞かれたくない話なのだろう。

だから、リオンはただ、用意された空間の中で、安らかにいればいいのだ。

けれど、リオンはなにか不安のようなものを感じた。

召使がリオンから目を離したすきに、ラキスディートとイクスフリードの口元に視線をやる。

その口が紡いだ言葉を、すべて読み取れたわけではない。

けれどいやになるほど頭に焼きついた、たったふたつの名前だけは、見間違えようがなくて。

――ヒルデガルド。シャルル。

唇がその名前の形に動いたのを目にしたとき、リオンの中を、爆発的な衝動が駆け抜けた。

心臓がうるさいほど拍動する。

気づいたときにはもう、リオンは立ち上がっていた。

わけのわからぬ気持ちが、リオンの体を占《し》めていく。

いやだ、いやだ――いやだ。

これは、なんだろうか。

ひと月前のショックがよみがえったような、破裂しそうな感情が、リオンの理性を上回る。

そうして、リオンは久しぶりに、自分の足で地を蹴《け》った。

逃げなければ、と思った。

どこへ？　ここではない、どこかへ。

「番《つがい》さま！」

召使がリオンを呼ぶ。

「な……っ、リオン！」

水の膜《まく》が完全に壊れたのか、ラキスディートの声がリオンの背中を追いかけてくる。

リオンは足をもつれさせながら、必死に駆けた。

けれど、運動不足の体ではろくに進めるわけもない。

リオンはやっとのことで薔薇《ばら》の生垣《いけがき》を回るように越え、アーチをくぐる。その先の小さな青薔薇《あおばら》の木の側《そば》にしゃがんで、体を隠した。

リオンは、じしんの体のほとんどが見えているのにも気づかず、ただただ、縮こまってふるふると震えていた。

しばらくして、柔らかな芝生《しばふ》を踏む音が聞こえる。

「……リオン」

当たり前のように見つかってしまった。

そもそも、リオンはラキスディートより走るのがずっと遅いのだ。彼が見失うわけがない。

リオンの小さな体の前に、ラキスディートが跪《ひざまず》くまで、数十秒を要したかも怪《あや》しかった。

「泣かないで、リオン」

ラキスディートはすぐにリオンを抱《かか》え上げるかと思いきや、触《ふ》れようとはしなかった。

リオンが震えていたからかもしれない。

ラキスディートを、そっと仰《あお》ぎ見《み》る。

気づけばリオンの両目からは涙があふれ、頬を伝い落ちていた。

ラキスディートはそれを見て、はっとしたように目を見開き——そうして、その目に暗い色を宿す。

「リオン、ごめんね」

ラキスディートは謝った。けれど、リオンには、それがなにに対する謝罪なのかわからなかった。

ラキスディートは、なにも悪くない。

リオンが、じしんでさえ理解できない恐怖に突き動かされて、こんな無様《ぶざま》な姿をさらしている、それだけだ。

「ら、きす、さま」

嗚咽《おえつ》交《ま》じりの声で、ラキスディートの名を呼ぶ。

しかし、リオンは言うべき言葉を思いつかなくて、また口をつぐむしかなかった。

しばしの沈黙ののち、ラキスディートがもう一度、ごめん、と口にした。

「助けに行けなくて、ごめんね」

「ちがう、ちがい、ます」

ラキスディートにそんなことを言わせたくない。なぜだか、リオンは強く思った。

こぼれる涙を止める術《すべ》もないのに、リオンはラキスディートへと両手を伸ばす。

「リオン……？」

ラキスディートが、リオンの手を包み込むように握る。

リオンは、それがどうしようもなくうれしかった。

それはきっと、ラキスディートだけがリオンの手を取ってくれるからだ。

「わたくし、わた、くし、怖かった」

……そうだ、リオンは、怖かった。

シャルルに冷たい視線を向けられたことが？

ヒルデガルドに裏切られたことが？

——違う。

それは、とても辛《つら》いことだった。

けれど、怖かったのは、それではない。

「わたくしは、わたくしを虐《しいた》げた、彼らの末路を見ておりました」

リオンがそう言うと、ラキスディートは目をみはる。

義理の両親、使用人、そのすべてに虐《しいた》げられ、迎えた婚約破棄の日。

ラキスディートがヒルデガルドとシャルルに手を下《くだ》したのを、ひとが人形に変えられる残酷《ざんこく》な光景を、リオンはたしかに見た。

それなのに、ラキスディートの口からふたりの名が出るまで思い出しもせず、安穏《あんのん》と愛情を享受《きょうじゅ》していた。

リオンは、そんな薄情な自分の心臓を取り出して、水で洗えたらどんなにいいだろうかと思った。

だってリオンは、人形になった彼らの姿を見た、その瞬間。

「それを見たとき……ざまあみろって、思ったんです」

——リオンは、リオンじしんこそが恐ろしかった。

「わたくしは、人形に変えられた彼らを見て、安心したんです。これで、大丈夫。これでもう自分は傷つけられないって。汚いですよね」

記憶から消し去っていた、あの日のおぞましい自分の姿をまた思い出して、リオンは喉《のど》を引きつらせた。

涙交《なみだま》じりの声でまくしたてるリオンを、ラキスディートは静かな目で見ている。

だれも遮《さえぎ》らないのをいいことに、リオンは続けた。

「ばか、みたい。わたくし、自分がラキスさまに愛されていい人間なんだって、それどころか、ラキスさまのことを好きになっていい人間なんだって、思ったんです」

もう、顔がぐちゃぐちゃだ。

リオンは、そんな自分も軽蔑《けいべつ》した。

泣く資格なんてないのに、未練がましくラキスディートにその姿をさらす自分を。

嗚咽《おえつ》が漏れる。しゃくりあげて、リオンが泣く。

ラキスディートは、しばしそれを見つめていた。

ややあってその目を細くし、静かに、口を開く。

「――話は、それだけ？」

ラキスディートがリオンを見つめている。

リオンの喉《のど》がひゅうと鳴った。

ラキスディートは、握っていたリオンの手を離す。

自分の醜《みにく》い内面をさらけ出せばこうなると覚悟はしていたはずなのに、いざ離されると、苦しくて苦しくてならない。

ばかなリオン、愚《おろ》かなリオン。何回も思ったはずのことを、もう一度繰り返す。

リオンは「離れていかないで」と、身のほど知らずに叫び出しそうな自分を押さえつけようと、喉《のど》に手を当て、ぐっと力を入れて――

その手は、彼にもう一度取られた。

ラキスディートの片手は、そのままリオンの手を引き寄せる。

気づけば、さらりと流れる白金《はくきん》の髪がリオンの頬に触《ふ》れていた。

つまりは、抱き締められているのだとわかるのに、そう時間はかからなかった。

とくん、とくん、とくん。

ラキスディートの鼓動《こどう》が近い。

リオンの世界は、すっかり白金《はくきん》のカーテンに遮《さえぎ》られた。

「リオン」

「ラキス、さま」

ラキスディートの声が、降ってくる。

彼のほうが泣きそうな声をしているから、リオンはどうして、とつぶやいた。

「リオン、君が君を嫌いなのは知っている。けれど、私が君を愛していることを否定しないで。私を好きになることで苦しむなら、そうしなくてもいい。いっそ私を嫌ったっていい」

ラキスディートの声が、静かに、痛々しく響く。

「だから、リオン。そうやって、自分を傷つけることばかり思わないで。あいつらに手を下《くだ》したのは私だ。責められるのは君じゃない。もしもそれが罪になるなら、罪を問われるのは、私だ」

ラキスディートの手が、リオンをぎゅうと抱き締める。

その力が強くなっていくのを、リオンは感じていた。

「……どうか、お願いだ、リオン。……離れていかないで」

ラキスディートが小さくこぼした言葉は、まるで小さな子どもが、どこか遠くに置き去りにされているようだった。

「ちがい、ちがいます！　わたくしは、嫌いになんかなれない」

リオンは、思わず叫ぶように言った。

自分を嫌ってほしいなんて、悲しいことを言わせたくない。

そうさせたのが、自分だとわかっているけれど——

涙があふれたまま、ごちゃごちゃの頭の中で、伝えたいことがぐるぐる回る。

ただ、ラキスディートのことが、胸の内をいっぱいに占《し》めていて。

そして口からこぼれたのは、まぎれもない、リオンの奥底から転がり出た本当の心。

「……ラキスさま、が、すき」

はっと気づいたときには遅かった。

言ってしまった。もう、後戻りはできやしなかった。

リオンは、いつの間にか、ラキスディートに恋をしていたのだ。

「すき、すき……すきだけど、わたくし、ラキスさまのこと、すきだから、ラキスさまに幸せになってほしくて、わたくしといっしょだと、ラキスさま、幸せになれないから、だから……」

「……リオン？」

もう、自分がなにを言っているのかわからない。なにを伝えればいいのかわからない。ろれつがうまく回らない。思うように言えないことが腹立たしくて、リオンはラキスディートの胸に思いきり頭をぶつけた。

「わたくし、ラキスさまのこと幸せにできない、だってわたくし、なんにもないの」

「……君は、そう思うの？　リオン」

ラキスディートがなにかを考えるように、声を落とす。

それに、リオンはいやいやをするように首を横に振った。

これは、否定の意味すらない、子どもの癇癪《かんしゃく》だった。

「ほんとに、そうだもの……。ラキスさま、すき、すきなの。でも、もう、わかんない、わかんないよお……わたくし、ラキスさまのこと、大好きなのに……どうして、こんなにわたくし、きたないの」

「…………リオン」

ラキスディートが、リオンの名前を呼ぶ。

まるで宝物みたいに。この世で最も尊《とうと》いものみたいに。

その声と同時にふわりと感じたのは、まるで晴れた空の下の、草原にも似た匂《にお》い。

リオンの唇を、柔らかなものがふさいだ。

リオンは泣くのも忘れ、驚いて目を見開く。

リオンの赤い前髪の向こう、視界いっぱいに広がるのは、黄金色《こがねいろ》。

触《ふ》れ合《あ》ったところから、ラキスディートの速い鼓動《こどう》を感じる。

リオンは、ラキスディートとキスをしていたのだった。

触《ふ》れるだけの口付け。たったそれだけなのに、リオンには初めての衝撃だった。

見つめられていることが恥ずかしい。けれど唇が触《ふ》れ合《あ》っているという状況が、うまく頭で処理できないながらも、幸福感を生《う》んだ。

ややあって、ラキスディートがリオンから唇を離す。

リオンは、先ほどまでをはるかに上回るほど混乱して、目をゆっくりとしばたたかせた。

「いやではなかった？」

「は、はい」

リオンが素直に答えると、ラキスディートはふっと笑った。

「よかった。いやがられたら、どうしようかと思った」

「わたくし……あの、初めてで」

「知ってる」

知っているとはどういうことだろう。

竜とはそういう、相手の初体験がわかる生き物なのだろうか。

首を傾げていると、ラキスディートはリオンの頬を両の手で覆《おお》って、目を合わせた。

ラキスディートの目の中に、リオンの髪に隠れた目がちらりちらりと映る。

けれど、リオンの頭はどこかぼうっとしていて、前みたいに心が乱れることはなかった。

「リオン」

ラキスディートは柔らかく微笑んで、リオンを呼んだ。

「私は、君に幸せにしてもらいたいと思わないよ」

そう言われてリオンは驚き、問いかける。

「……どうして、ですか」

「私は、君がいてくれるだけで、もう幸せだから」

「不幸せになるかもしれません」

「それはないよ」

ラキスディートはきっぱりと言った。

「番《つがい》だから、とか、そんなこと、本当は関係ないんだ。リオン。だって、私はリオンがリオンであることを愛しているのだから」

「意味が、よく……」

リオンは混乱しながら、ラキスディートの黄金の目を見つめた。

ラキスディートは、そうされることがうれしくてならないというように笑う。

「つまりは、番《つがい》ということを抜きにしたって、私はリオンを好きだっていうこと。リオンが番《つがい》だから好きになったんじゃないんだ。好きになった相手……リオンが、番《つがい》だった。それは私の人生最大の幸福だ」

順番が逆なんだ、とラキスディートは続けた。

「番《つがい》を捜して、旅をして。恋をした相手が、リオン、君だった。魂《たましい》を見て、番《つがい》だったと知った私は、きっとこの世で最も幸福だ。だからね、リオン。君がいてくれるだけで、私は勝手に幸せになれるんだ」

「……ラキスさま」

ラキスディートは、今度はリオンの額《ひたい》に口付けを落とした。

リオンは、まだ乾《かわ》かぬ目から、またぽろりと涙をこぼす。

けれど、もうそれは、悲しいものじゃなかった。

「じゃあ」

リオンは口を開いた。

背筋が震えて、心臓がうるさいほどどくどく鳴っている。

それでも、どうしてもこれを尋ねたくて、リオンはラキスディートの目を改めて見つめた。

そのための小さな勇気が、リオンの中に芽生《めば》えたから。

「わたくし、ラキスさまのこと、好きになっても、いいんですか？」

ひと言ひと言、噛《か》み砕《くだ》くように。自分に言い聞かせるように。

リオンはその答えをもう知っていたけれど、ラキスディートの口から聞きたかった。

「むしろ、好きになってほしい。私は、リオンと両想いになりたいから」

「ああ……！」

リオンの唇から漏れたのは、歓喜の声だろうか。

吐息に音を乗せ、緩やかにあふれたそれは、うまく言葉にすることができない。

けれど、ラキスディートにも、リオンにも、それでよかったのだろう。

やがて、リオンは震える声で、叫ぶように言う。

「わた、くし、わたくし、ラキスさまのことが、好き、好きです……！」

その言葉が、すべてだった。

「ああ――リオン！」

感極《かんきわ》まったように、ラキスディートがリオンの小柄な体を抱き締める。

隙間などないほどぴったりくっついたふたりの、心臓の鼓動《こどう》が重なるのを感じて、息が苦しくなる。今にも叫び出しそうだった。

いいや、もう、叫んでいた。

声のない、悲鳴のような息を吐き出していた。

だって、あまりにも幸せで。

こんな幸せが、自分に許されると思っていなかった。

恋したひとが、自分を愛してくれるなんて。

リオンはラキスディートの背に手を回す。ぎゅう、と、力を込めて抱きついた。

「好き、好き、好き……何度言っても足りないの」

「うん」

言《い》い募《つの》るリオンに、ラキスディートはうなずきながら耳を傾ける。

「わからないんです。好きすぎて、うれしくて、幸せで。どんな気持ちなのか、どう言えばいいのかわからない」

「うん」

「ラキスさまを、好きになれることが、こんなにうれしいことだなんて、思わなかった」

リオンはゆっくりと瞬《まばた》きをした。

ラキスディートの瞳に、星屑《ほしくず》をちりばめたような青い瞳が映っている。

幾度も、幾度も、リオンの目は汚いと言われ、疎《うと》まれてきた。

だから、こんな目をラキスディートには見られたくないと思っていた。

でも、もう怖くはない。

なぜなら、リオンはラキスディートを好きだから。

ラキスディートが好きだという自分のことなら、肯定できると思った。

リオンはリオンが大嫌いだ。

愚図《ぐず》で、愚直《ぐちょく》で、ひとを信じては裏切られる自分が嫌いだった。

それでも、ラキスディートが好きだと言ってくれるなら。

今はまだほんの少しだけれど、いつかは自分をたくさん好きになれるかもしれない。

ラキスディートが微笑んでいるから、なおさらそう思えた。

「リオン、もう大丈夫？」

ラキスディートがそう言ったのは、リオンが泣きやんで、その目元がようやく乾《かわ》いた頃だった。

リオンが空を見上げると、気づけば日が高く昇っていた。まぶしくて、思わず目を細める。

「はい、ええと……すみません。お待たせしてしまいました」

「リオンが謝ることなんて、なにもないよ」

ラキスディートがリオンの髪をやさしく撫でる。

「それに、リオンがこうして私の腕の中にいてくれてうれしかったし」

「まあ」

ラキスディートの言葉に、リオンはふふ、と微笑む。

一度吐き出してしまえばなんのことはなく、素直にラキスディートの想《おも》いを受け取れるようになっていた。

引き締めようとした顔が勝手にはにかんでしまい、気恥ずかしさを感じながら、リオンはラキスディートに問いかける。

「ラキスさまは、甘えん坊なんですか？」

「リオンにだけね」

ラキスディートはリオンの髪の先を弄《もてあそ》んで、くるくると指に巻きつけている。

それが面映《おもはゆ》くて、リオンは涙の乾《かわ》いた目でまた笑った。

ふと、ラキスディートが遠くを見やった。

「……とはいえ、そろそろ許可を出さないと、私がお説教を受けそうだ」

「許可？」

リオンはぱちぱちと目をしばたたき、ラキスディートの視線を追いかける。

すると、薔薇《ばら》の生垣《いけがき》の向こうから、たくさんの布を抱《かか》えた涙目のエリーゼベアトと、湯気の立つお湯の入った器《うつわ》を持った数人の召使、そして、面白そうに口元だけで笑んでいるイクスフリードの顔がのぞいているのが見えた。

「え、エリィ!?」

リオンが呼ぶのを待っていたのだろう。エリーゼベアトの名を口にするや否《いな》や、弾《はじ》かれるように駆け寄ってきた。

「お姉さま！　大丈夫ですか？　報告を受けて参りましたの！　ああ、目元が赤くなって……」

エリーゼベアトはラキスディートから奪い取るようにリオンを抱き上げ、いつの間にか用意されていた椅子に流れるように座らせる。

「リオンお姉さま、痛くはありませんか？」

「ええ、大丈夫。少し泣いてしまっただけなの」

リオンがほのかに微笑むと、エリーゼベアトはなんだか意外そうな顔でラキスディートを見る。

それからもう一度リオンを見て、二回ほどふたりを交互に見つめるのを繰り返したあと、うなずいた。

「そういうことですか」

「え？」

リオンが首を傾げると、エリーゼベアトは大きくため息をつく。

「お姉さまを泣かせたことはよくないですが、お気持ちが通じ合われたなら、ようございました。報告を受けたときは、陛下が人間の国ひとつ滅《ほろ》ぼしかねないと思いましたわ」

「大げさね」

リオンは笑って流したが、ふと視界の端に映ったイクスフリードは両腕を抱いて震えていた。

「やつはやる。絶対にやる」

イクスフリードのつぶやいていることの意味がよくわからず、リオンはきょとんとするのだった。

◆　◆　◆

エリーゼベアトにもみくちゃにされるじしんの番《つがい》を見ながら、ラキスディートはついにリオンと想《おも》いが通じ合ったことを噛み締めていた。

千年の時を生きるラキスディートにとって、このひと月は短いようで長く、ひたすら幸せだった。

けれど、時折あの人間たちの所業を思い起こしては、怒《いか》りに駆られる。そんな毎日だった。

だからこそ、ようやくリオンが幼い頃と同じように笑ってくれたことが喜ばしい。

ラキスディートは思わず口元に笑みが浮かぶのをこらえられなかった。

そのとき、ふとラキスディートの肩を叩くものがあって、振り返る。

……と同時に、頬を人差し指で突かれて、ラキスディートは目を鋭《するど》く細めた。

「イクス」

「いやあほんと、丸くおさまってよかったな」

イクスフリードが、布の向こうでにやにや笑っているのが簡単に想像できて、ラキスディートは眉《まゆ》をひそめた。

イクスフリードはリオンの前では猫をかぶっていたが、本性はお調子者だ。

彼は竜には珍《めずら》しいことに、同じ竜の番《つがい》を持っている。

彼の妻は、彼への好意をあまり表《おもて》に出さない性分だ。

イクスフリードは、そんな素直になれない彼女にわざとつれなくし、嫉妬《しっと》されることを好むという捻じ曲《ま》がった趣味を持っている。

リオンを溺愛したいラキスディートには、少々理解できない嗜好《しこう》である。

しかし、宰相《さいしょう》としては優秀な人材なので、それを指摘することはなかなか難しいが。

そんな彼が、感極《かんきわ》まったようにラキスディートの背をバンバン叩いてくる。

笑っている彼を、ラキスディートは目を眇《すが》めて見た。

「丸く、な。お前が出てきたからひと悶着《もんちゃく》あったことではあるが……」

「ま、まあ、それはそれ。視覚で情報を得られるなんて思ってなかったから……ウン、スマン」

イクスフリードが頭をかいて、気まずそうに口元を歪《ゆが》めた。

「でもよかったなあ、ラキス。好きな子と両想いになれて。結ばれてからの番《つがい》との蜜月はいいもんだぞう」

「……大人ぶって。ほぼ同じ歳だろう」

「まあ、そりゃあそうだけどさ。ラキス相手に自慢できるのはこれだけなんだから許せって」

ラキスディートとイクスフリードは、主従関係以前に友である。そのため、イクスフリードは人目が集まっていないとき、実にフランクな話し方をする。

「……人前では落ち着けよ」

ラキスディートがそう言うと、イクスフリードは笑った。

そしてイクスフリードは、リオンに視線を向けたらしい。口元を手で隠して、ラキスディートに

声をひそめて囁《ささや》いた。

「……さっきの話、本当らしい。アルトゥール王国のあの家族と王子が、人形の殻《から》を剥《は》がされて生還したってのは」

イクスフリードの本題はこれだったのか。

ラキスディートは袖口《そでぐち》で顔の半分を隠し、会話を楽しむふりをして相槌《あいづち》を打つ。

「まあ、そうだろうな。だれかがあいつらを助ける気があれば、生きられるようにはしていた」

「両親のほうは瀕死《ひんし》らしいが……王子とあの女は、顔がぐちゃぐちゃになった程度で命に別状はない。助けるのが早かったんだろうな」

「そうか」

ラキスディートの目に、鈍色《にびいろ》の光が宿る。

それが、番《つがい》を守ろうとする雄《おす》の本能だとわかっているから、イクスフリードは「落ち着け」とラキスディートの額《ひたい》をはたいた。

「まあ待て、ラキス。今お前がやっちまったら、逆にお前の番《つがい》さまに危害が及ぶかもしれないぞ。竜王国だって、大義名分《たいぎめいぶん》がない戦争を人間相手にしかけるなんてごめんだ。……あの国で産出する魔石は、ちっと厄介《やっかい》だからな」

「……」

「変わらずやつらのことは調べさせてる。出方を窺《うかが》ってから、とどめを刺すなり捨て置くなりしろ」

「……ああ」

ラキスディートはすうと息を吸う。

かつてリオンの義母から買い取った一枚のハンカチを懐から取り出して、そっと撫でた。そのハンカチは白い生地にサクラの刺繍《ししゅう》が美しく映えている。

彼女がリオンの刺繍《ししゅう》を利用して金儲《かねもう》けをしていると知ってから、ラキスディートがすべて購入していたのだ。

刺したひとの纏《まと》う柔らかな空気を感じて、焦《こ》げつくほどの怒《いか》りの炎《ほのお》が少しだけ弱くなる。

深呼吸をして、気持ちを落ち着けた。

そして、じわじわとくる額《ひたい》の痛みで我に返る。

同時に、リオンがラキスディートを呼んでいるのが聞こえて、そちらを向いた。

「ラキスさま、なにを話していらっしゃるの？」

リオンは微笑みながら、首を傾げてラキスディートを見つめている。

リオンは、もうこの手の届く場所にいる。

十年耐《た》えたのだ。こんなちっぽけな怒《いか》りくらい耐《た》えられなくて、なにがリオンの番《つがい》か。

「なんでもないよ、リオン」

リオンを守るためなら、リオンと離れること以外、なんであろうとできる。

それをもう一度自覚して、ラキスディートは晴れやかに笑った。

第四章

青い薔薇《ばら》の庭で、ラキスディートと想《おも》いを通わせてから、しばらくが経った。

リオンとラキスディートは正式な蜜月に入り、日々を楽しんでいる。

婚前の番《つがい》同士が水入らずで過ごすこの期間を、竜はことさら大切にするそうだ。

相変わらず、ラキスディートは四六時中《しろくじちゅう》リオンを離そうとしない。

そのため今も、リオンはいつものように彼の膝《ひざ》の上に座って、彼にものを食べさせられている。

今日はバターのたっぷり使われたガレットだ。サクサクとした食感とやさしい甘みを楽しんでいると、突然、勢いよく部屋の扉が開いた。

「リオンお姉さま、採寸をしましょう！」

「エリィ？」

喜色をあらわにやってきたのは、エリーゼベアトだった。

蜜月に入ってから、風呂など女性の手を必要とするもの以外、リオンの世話はすべてラキスディートがしている。

ふたりを邪魔しないようにと遠慮して、呼ばない限り召使たちは部屋に入ってこない慣習だからだ。

それは、エリーゼベアトも同様だった。

そのため、リオンがエリーゼベアトと会うのは久しぶりだ。

どうしたのだろうと、リオンは軽《かろ》やかな衣装の裾《すそ》をふわりと揺らし、首を傾げた。

「お姉さまがいらしてからだいぶ経ちますから、そろそろ衣装を仕立て直したいのです。もうじきこのお部屋で用意を始めますから、お兄さまは退出してくださいませ」

エリーゼベアトが言うので、それならとリオンはラキスディートの膝《ひざ》から下りようとする。

だが、彼の腕にぐっと引き留められた。

「リオン」

そしてラキスディートが本日のおやつの桃を差し出したので、反射的に口を開けてしまう。

今日は自分たち以外がいるのだから、こんなことは恥ずかしい。

みずみずしい桃を咀嚼《そしゃく》しながら、リオンは抗議の意を込めてラキスディートを見上げる。

けれど、ラキスディートは甘い眼差《まなざ》しでリオンを見つめるばかりだ。

「ラキスさまっ！」

「うふふ、お兄さまとお姉さまは今日も仲良くていらっしゃる……ではなくて、昨日で蜜月の一か月は終わりですわよ、お兄さま！　どうしてまだお姉さまのお部屋にいるんですの！」

エリーゼベアトはリオンとラキスディートの様子に目元を緩ませ、しかしはっと思い出したように、彼に視線を向けた。

ひと月……もう、そんなに時間が経ったのか。

リオンは首をこてんと傾け、このひと月のことを思い出した。

ラキスディートの手からものを食べるのは、とても幸せだ。給餌行動《きゅうじこうどう》、というらしい。竜の求愛なのだとか。

最初は恥ずかしかったリオンだったが、それを聞いて受け入れることにした。

これも異文化体験だ。……という気持ちはあるが、やはり恥ずかしいのも事実で……

慣れるまでにはしばらく時を要したし、拒否するたびにラキスディートに切なげな顔をさせてしまった。

手ずから食事を食べさせられたり、抱かれたまま移動したり、そんな行為に慣れてしまった自分に、今更驚く。

ゆったりとしていたようで、光の速さで過ぎ去った毎日だった、と少しだけ寂しい気持ちになった。

「ひと月……もうそんなに経つのか」

ラキスディートがしみじみと言う。そんな彼に呆《あき》れたとばかりに、エリーゼベアトはため息をついた。

「どうせ、お姉さまといちゃいちゃする時間が足りないからって、寝ていらっしゃらないんでしょう。寝ずとも平気なのは存じておりますわ。けれど！　月日の流れくらい数えてくださいな！　お兄さまは竜王陛下、ですのよ」

リオンは、聞き捨てならないことを耳にして硬直する。

リオンを膝《ひざ》にのせたまま、ラキスディートはバツが悪そうに目をそらした。

「いやあ……」

「……ラキスさま、おやすみになっていないの？」

エリーゼベアトの追及に目をそらしたラキスディートが、リオンの声で気まずそうに呻《うめ》く。

「リオン……」

それでもなおラキスディートを見つめていると、彼はふと思いついたように顔を上げた。

「リオンと過ごす時間は大切だ。そうだな、エリーゼベアト」

「そうですわね」

ラキスディートの言葉に、エリーゼベアトが首を縦に振る。

それを見て、ラキスディートは続けた。

「そう。だから蜜月のひと月も一年も、誤差だと思わないか」

「思いませんわ、このすっとこどっこい」

そう言うや否《いな》や、エリーゼベアトがきゅっと目を吊り上げてラキスディートに向き直る。

「お姉さまが誇《ほこ》れる夫になりたいとは思いませんの」

「それは思う」

ラキスディートが深くうなずく。向き合ったふたりの黄金の瞳の間に、一瞬、火花のようなものが見えた。

そこで、ラキスディートは妙案《みょうあん》が浮かんだというように、腕の中のリオンに視線を落とした。

「……じゃあ、リオンはどうしたいか、意見を聞こうじゃないか」

「……え？」

これに驚いたのはリオンだ。

リオンは、だれかの行動の決定権を与えられる経験に乏《とぼ》しかった。皆無といってもいい。

――どうしよう。ラキスさま、きっとお仕事があるのよね。

慌《あわ》ててラキスディートを見上げると、彼は当然のようにリオンの頬を撫でて額《ひたい》に口付ける。

顔が熱くなって、同時に胸がどきどきとうるさい。

リオンは前髪がもっと伸びればいいのに、と思った。

その唇の感触は決していやではなく、むしろここひと月で慣れきってしまった、一種の喜びだったからこそ、困ってしまったのだ。

あまり寝ていないというラキスディートに、休んでほしい気持ちはある。

でも、本音を言うと、リオンはこのあともラキスディートと一緒にいたかった。

大きな体に包まれて慈《いつく》しまれること、愛情を与えられること。

そういう幸せを知ったから、欲張りになってしまったのだろう。

けれど、毎日ラキスディートに世話をされ甘やかされる、そんな怠惰《たいだ》な生活をしていてはいけないということもわかっていて――だからリオンは、ラキスディートを見上げた。

相変わらず、その金の目はリオンをやさしく見つめてくれる。

答えはせかされなかった。いつも思うが、竜はとても気が長いようだ。

「わたくし、ラキスさまと、一緒にいたいわ」

「リオン！」

ラキスディートが、声に喜びの色を溶かしてリオンの名を呼ぶ。

エリーゼベアトが「お兄さま！」と叱《しか》り、腰に手を当てた。

けれど、そのままリオンは言葉を続ける。

「で、でも、お仕事……ええと……」

だめだ、こんなことが言いたいのではなくて。

本心を言わねば、ラキスディートはきっと納得してくれない。

それははっきりわかっているから、リオンは自分の中にある思いを伝えるために、一生懸命《いっしょうけんめい》考えた。話し下手なのがはがゆい。

「ええと、その……」

つっかえるリオンを、よく似た兄妹《きょうだい》が見守る。

やさしげな眼差《まなざ》しは、いつもと変わらなくて。それにほっとして、リオンはその言葉を口にした。

「一緒にいたいのですけれど、ラキスさまがご無理をなさるのは、いやです……。だって、ラキスさま、寝ていないんでしょう？」

「……あ」

ラキスディートが絶句する。

同時にエリーゼベアトが拳《こぶし》を握っているのが見えて、リオンはきょとんとした。

「お兄さま、お聞きになって？　お姉さまも心配しておいでですわ」

エリーゼベアトが詰め寄り、ラキスディートは分《ぶ》が悪そうに顔を背《そむ》ける。

「いや、しかし……」

「ラキスさま……」

リオンは再度ラキスディートを見上げる。

すると、なぜかラキスディートは胸を押さえて固まってしまった。

「ラキスさま⁉　どうなさったの？」

焦《あせ》るリオンに、エリーゼベアトが噛《か》み締《し》めるようにつぶやく。

「さすがですわ、お姉さま……お兄さまの扱いを、完璧《かんぺき》にものにされて……」

見れば、彼女も胸を押さえていた。

ラキスディートは声を絞《しぼ》り出《だ》すように呻《うめ》いた。

「かわいい……私の番《つがい》はどうしてこうもかわいいいんだ……」

よく似た兄妹《きょうだい》が悶絶《もんぜつ》している。

本気でなにが起こったのかわからなくて、リオンは首を傾げた。

「わたくし、いけないことを言ったかしら……？」

「いいや、いいや。リオンは、そのままでいて」

ラキスディートは、愛《いと》しくてならないというように、でれでれとした表情でリオンの顔に口付けの雨を降らせる。

それをわぷわぷと受け止めて、リオンが息を乱したところで、ラキスディートは名残惜《なごりお》しげにその体を離した。

「それじゃ、行ってくるよ、リオン。すぐに仕事も睡眠も終わらせてくる」

「……寝て、くださいね……？」

「うんうん」

ラキスディートがリオンに背を向ける。

白金《はくきん》の髪が揺れて、お日さまの色できらきらと光っていた。

本当に、本当に、ラキスディートは綺麗だ。

こんな素晴らしいひとが自分を愛してくれるのだと今更実感して、リオンはため息をつく。

――あ。

そこではっとして、リオンは懐かしい言葉を思い出した。

たしか、こういうとき、言うべき言葉があった。

今は亡き母が、父に言っていた言葉。

「あ、あの」

「……リオン？」

リオンの呼びかけに、ラキスディートが足を止め、振り返ろうとする。

その背中に、言った。

「いって、らっしゃい」

無事を祈る言葉。必ず帰ってきてほしいという意味の、愛の言葉。

久しぶりすぎて舌がもつれてしまい、うまく言えなかった。

けれど、昔の思い出の中のやさしい言葉を、やっと言うことができた。

ラキスディートはどう思うだろう。

胸がどきどきする。

いやな気持ちにさせたらどうしよう。そんな思いが頭をぐるぐると回る。

「……いってきます」

ラキスディートはそう言って、振り返るのをやめた。そしてそのまま、歩を進めた。

リオンは、そんな彼の姿に不安になる。

やっぱり、言うべきではなかったのかもしれない。

しゅんとうなだれるリオンの前に、エリーゼベアトが立つ。

「お兄さま、言葉が足りません」

ぴり、とした口調で、エリーゼベアトがラキスディートを止めた。

ラキスディートは、震える声で返す。

「無理だ、エリーゼベアト。今、私は幸せで死にそうなんだ」

幸せ？　リオンは思わず自分の頬に手を当てた。

——わたくしの言葉が、あなたを幸せにしたの？

「そのお口はもう、お気持ちをおっしゃっていますが」

ぴしゃりと切って捨てるエリーゼベアトの声が、遠くに聞こえる。

リオンは、自分の「いってらっしゃい」が、ラキスディートに受け止めてもらえたという事実を噛み締めていたから。

ラキスディートの背が扉の向こうに消えても、しばらくリオンは呆《ほう》けたままだった。

そうして、しばらく。

やっと我に返ったリオンは、光沢《こうたく》のある絹《きぬ》などの上等な生地《きじ》や、色や形が様々なレースに取り囲まれていることに気づく。それらが、いつの間にやら部屋を埋《う》め尽《つ》くしていた。

他にも小さな宝石の粒《つぶ》の詰まった瓶《びん》がいくつも並んでおり、その中央に埋《う》もれるようにして、ひとりの老婆《ろうば》がにこにことリオンを見上げている。

ひと月ほど会う機会の減っていた召使たちも勢揃《せいぞろ》いしていた。

どうやらエリーゼベアトの言っていた、仕立ての用意をしているようだ。

そんな彼女も、てきぱきと立ち働いてくれている。

「あ、え、あ！　あの、申し訳ありません、わたくし、ぼうっとして……」

リオンは慌《あわ》てて立ち上がり、スカートをつまんでお辞儀をしようとする。

しかし動揺しすぎて、うまく礼ができない。

小さな老婆《ろうば》は微笑んで、焦《あせ》るリオンの礼を手で制した。

「いいんですよ。私の若い頃を見ているようだわ。最初は戸惑《とまど》うわよねえ……。私、あなたのドレスを作るために来たの。ルルといいます。よろしくね」

「……え、あ、ええと、すみません。よろしくお願いいたします、ルルさま」

リオンが動揺しながらそう言うと、ルルはどこか感慨深《かんがいぶか》げに声を漏らす。

「……ああ、その声。ロッテンメイヤーの坊やの小さい頃そっくり。リオンさま、私、あなたのおじいさまのおむつを縫《ぬ》ったこともあるのよ。……長いこと、お辛《つら》かったわねえ……」

ルルは瞳を潤《うる》ませて、リオンにしわくちゃの手を伸ばす。

かさかさした手は、それでも生命力にあふれていた。

リオンが前髪の奥でぱちぱちと目をしばたたく。

「おじいさまの、お知り合い、なのですか？」

「ええ、ええ。私は竜の番《つがい》になる前に、ロッテンメイヤー伯爵家で乳母《うば》をしていましたからね。ロッテンメイヤーの坊や……あなたのおじいさまも、竜が大好きでしたね……そういうところも、よく似ていらっしゃるわ」

ルルは、まぶしいものを見るように目を細めた。

おぼろげな記憶の中の祖父との思い出は、ほとんどない。

けれど意外なところに、己《おのれ》の竜への好意のルーツがあったのだと、胸が熱くなる。

リオンは知らず、微笑んでいた。

「ありがとうございます、ルルさま」

「ルル、でいいんですよ。……ああ、よければ、ルルばあやと呼んでくれるとうれしいわ。ロッテンメイヤーの坊やのお孫さんなら、私のひ孫も同然ですからね」

ルルはそう言って、しわくちゃの顔に笑みを浮かべる。

「……ありがとうございます、ルルばあや。初めまして、わたくし、リオンと申します」

リオンはロッテンメイヤーを名乗るべきか考えて、やめた。

もうロッテンメイヤー伯爵令嬢ではなく、ラキスディートの番《つがい》だから。

それをわかっているのだろう、ルルは微笑んだままなにも言わなかった。

そして彼女は紐《ひも》を持って、リオンの体に当てる。さっそく採寸を始めてくれるようだ。

「いちと、に……あら、聞いていたより少し行きがありますね、生地《きじ》はこのくらいで……」

リオンは、今測られたばかりの自分のおなか周りに視線を落とした。

太った、ということだろうか。ラキスディートに食べさせてもらってばかりいるから。

リオンが思わずおなかを押さえると、エリーゼベアトが間髪《かんはつ》を容《い》れず飛んでくる。

「お姉さま、おなかが空《す》いていらっしゃるの？」

その手には、いつの間にか兎《うさぎ》の形に切られた林檎《りんご》が盛られた皿がある。

リオンは恥ずかしくて恥ずかしくて、小さな声で「ちがうの」と言うことしかできなかった。

それを見て、ふふ、とルルが笑う。

リオンがますます顔を熱くすると、ルルは他の部分を測りながら、うれしそうに言った。

「リオンさま、それは健康になった、ということですよ」

どうやら、ルルはリオンの考えていることがわかったらしい。

そう言われてもやはり気恥ずかしくて、リオンは首を横に振る。

「け、けれど、たくさん食べてしまっていて……」

「前が細すぎたのですよ。来たばかりの頃、召使の皆さんと遠目から見ていたけれど、リオンさまは栄養失調で死んでしまうのじゃないかというくらい、青い顔をしていましたからね」

本当にようございました、とルルは朗《ほが》らかに笑った。

リオンは祖母に会ったことがないが、もしかしたら、こういう感じだったのかもしれない。

そう思って、リオンもつられて笑った。

ルルは、測りを道具箱にしまいながら言う。

「さ、測り終わりましたよ。いつまでも蜜月のご衣装じゃあ、おしゃれのし甲斐《がい》がありませんものね。素晴らしいドレスを仕立てましょう」

「わ、わたくしは、この衣装も好きですわ」

自分のドレスを仕立てるなんて、十年振りだ。

もったいない気持ちが勝《まさ》って、思わずリオンは声を上げた。

第一、今着ている衣装は、ラキスディートが作ってくれたものだ。

不満などないのだと伝えたくて、リオンは全身であわあわと表現する。

ルルはあら、と丸くした目を次の瞬間には細め、あらあらと口に手を当てた。

「ラキスディートさまと、本当に仲良くしていらっしゃるのねえ。リオンさまがお幸せそうで、本当によかった」

ルルはうれしそうに続ける。

「蜜月のご衣装は、大切になさいませ。それは鎧《よろい》より強い花嫁衣装です。けれど、普段着も必要ですし、やはり華やかなドレスもリオンさまにはお似合いでしょうからね。この老婆《ろうば》の目の保養と思って作らせてくださいな」

ラキスディートの衣装を褒《ほ》められて、リオンの気持ちがふわりと浮いた。

けれど、臆病《おくびょう》な心はすぐに萎《しぼ》んでしまい、ぽつりとつぶやく。

「……華やかな」

思い出すのは、シャルルに婚約破棄されたあの日、着せられていた真っ赤なドレス。

華やかと聞いて、頭に浮かぶのはあればかりだ。贅沢《ぜいたく》なドレスなんてほとんど着たことがないから、それしかわからない。

けれど、やさしいルルがリオンを傷つけるようなことをするとは思えない。

リオンは、なにを言っていいのかわからなくなった。

ルルが楽しそうだから、なおさら。

「レースをたくさん使って、リオンさまにお似合いのものを作りましょう。……ああ、そうだわ」

ふいに、ルルが思い出したように、傍《かたわ》らの長櫃《ながびつ》を見る。

その視線に気づいた召使たちは、心得たようにそれを開けた。

ルルは誇《ほこ》らしげに話す。

「リオンさまにお似合いになるのはどんなものかしらと思っていたら、夢中で作ってしまったのですよ。クリノリンは使わずに、風の魔法で作ったパニエで膨《ふく》らませていますから、動きやすいと思います」

ひとりの召使が、長櫃《ながびつ》の中のものを広げる。

それは、先ほど食べた桃のようなみずみずしい薄紅色《うすべにいろ》の、ふんわりとしたドレス。

まるで妖精が作ったような、幻想的な代物《しろもの》だった。

そのドレスは、リオンの思う『華やか』とは全然違うもので、はっと目を見開く。

ルルは召使がリオンにあてがったドレスを見て、満足げにため息をついた。

「ああ……やっぱり」

召使たちからも、感嘆が漏れる。

彼女たちの様子に、リオンは思わず首を傾げた。

「え……？」

「やっぱり、リオンさまには柔らかい色がお似合いねえ。サイズもぴったりだし、せっかくだから着付けてみましょうか。皆さん、お願いできるかしら」

「ええ！」

「任せてください！」

「番《つがい》さまの魅力を、番《つがい》さまじしんにご理解していただく機会です！」

「腕が鳴りますわ！」

ルルの言葉に、召使たちが黄色い声を上げ、即散った。

あるものはアクセサリーを、あるものは小物を、あるものは髪飾り用の花や宝石を用意する。

エリーゼベアトをはじめとする数人が、ドレスを着せるべくリオンの周りに集まった。

「え、え？」

状況についていけずあたりを見回すリオンを、エリーゼベアトは強い眼差《まなざ》しで射貫《いぬ》く。

「お姉さま。お覚悟なさいませ？」

このときほど恍惚《こうこつ》とした妹の顔を、生涯《しょうがい》見ることはないだろう。

リオンはこのとき、着飾ることに対する女の執念《しゅうねん》を思い知ったのだった。

◆　◆　◆

胸騒ぎがする。

ラキスディートははっと目を覚ました。

空は茜色《あかねいろ》に染まっており、リオンの部屋を出て仮眠をとってから、結構な時間が経っていることがわかる。

不思議なことに、イクスフリードをはじめとした部下に声をかけられなかった。

普段であれば、だれかが執務《しつむ》をせかすため起こしにくるのに。

これは異常だ。

ラキスディートは、書き物机を蹴倒《けたお》す勢いで立ち上がった。

その振動で、机の上の数枚の書類がはらりと飛んでいく。

まさか、エリーゼベアトたちがついていて、リオンになにかあるわけはないだろう。

けれど、先日の青薔薇《あおばら》の庭での彼女の取り乱しようが、脳裏《のうり》にちらつく。

――いいや。あの出来事がなくとも、心がざわつくのだ。

実のところ、ラキスディートじしんが、リオンと離れていると不安なだけ。

リオン。

鐘の音のように美しい名前を口の中で転がすたびに、彼女が泣いているんじゃないかと思う。

――蜜月が終われば、番《つがい》への執着心は多少おさまるといわれているのに。

ラキスディートは、情《なさ》けなくて自嘲《じちょう》した。

蜜月の期間、竜は他のものに番《つがい》を触《ふ》れさせまいと、生涯《しょうがい》で最も大きな嫉妬心《しっとしん》を抱《いだ》く。

もちろんラキスディートも例に漏れず蜜月を過ごし、そしてひと月が経過した。

にもかかわらず、ラキスディートの思考は、蜜月を過ぎたばかりの雄《おす》のそれではない。

蜜月真っただ中の、独占欲にも似た庇護欲《ひごよく》が、まだ独り歩きしているのだった。

ラキスディートは、かつかつと靴音《くつおと》を立てながら、リオンの部屋へ続く回廊へ足を運ぶ。

すると、リオンの部屋の前の広間から、鈴を転がすような声が聞こえた。

「む、無理です……」

「けれどお姉さま、本当にかわいらしいのですから、陛下に見せるべきですわ」

どうやら、リオンがエリーゼベアトになにか言われているようだ。

「そんな、わたくしには、似合わないわ……」

困惑《こんわく》したような、リオンの声。それを聞きたがえることはない。

――リオンが、いやがっているだろう！

ラキスディートは、思わず声を荒らげた。

「――リオン！」

次の瞬間、ラキスディートの目が、喉《のど》が、体が硬直した。

思わず背を震わせ、白銀の翼《つばさ》を広げる。バサ……と羽ばたきにも似た音を立てた。

「ら、らきす、さま」

リオンがラキスディートに気づいた。白いレースからわずかに透《す》けた、青い目を見開いている。

彼女は恥ずかしそうに顔を赤らめ、じしんの体を隠そうとした。

そんな姿も、すべて余すところなく見つめ、ラキスディートは思わず感嘆のため息をつく。

リオンの豊かなチェリーブロンドの髪は編《あ》み込《こ》まれ、くるくると巻かれた毛先がゆらゆら揺れると、つい目で追ってしまう。

桃色のドレスは軽《かろ》やかなフリルと透《す》けたレースに彩《いろど》られ、ふわりふわりと風で泳いでいた。

胸元には大きなリボンが結ばれており、幻想的に愛らしい。

膨《ふく》らんだスカートからはラキスディートの気配がする。

それを感じて、ラキスディートは合点《がてん》がいったとうなずいた。

つい先日、仕立て師のルルに「ドレスの生地《きじ》に魔法を込めてくれ」と頼まれたのだ。

どうやらこれを作るために、彼女はラキスディートの魔法を求めたらしい。

蜜月の真っ最中にリオンと離れなければいけなかったため、少々不満に思っていたのだが、引き受けて正解だった。

いつもリオンの顔を隠している前髪は結い上げられ、真珠が飾られている。

その代わりに、頭にかぶった精緻《せいち》な文様《もんよう》のレースがリオンの目元を隠していた。

ラキスディートは己《おのれ》の持つ語彙《ごい》と知識を総動員してリオンを表現しようとした。

しかし思いついた称賛の言葉がどれも薄っぺらく思えてしまって、結局、ひと言たりとも口にすることがかなわなかった。

そのくらいに、今のリオンは愛らしく、透《す》き通《とお》るような美しさでもってラキスディートを魅了《みりょう》した。

目を見開いたまま動かないラキスディートを見て、リオンはレースの向こう側の目を潤《うる》ませる。

「やっぱり、似合わない、ですよね……」

おぼつかなく震える声は、そのままリオンの不安を表しているのだろう。

「そ、そんなわけ……」

なんとか口を開くが、言葉が続かない。

ラキスディートは、己《おのれ》がいかに口下手なのかを自覚した。

――いいや、どれほどリオンに見とれていたのか、というべきか。

ただでさえかわいらしく、愛《いと》しい己《おのれ》の番《つがい》が、こんなにも初々《ういうい》しく愛らしく装《よそお》っているのだ。その上、自分の気配を身に纏《まと》っている。

喜ばずにいられるだろうか。少なくとも、ラキスディートには無理だった。

ちらちらと視界に入れるたびに、リオンの魅力に目が焼かれてしまう。

どれだけかわいらしくなれば気が済むのだろう。

ラキスディートは、己《おのれ》の口を手で押さえ、リオンから無理やり視線を引《ひ》き剥《は》がした。

そうしないと、今すぐふたりきりでひきこもってしまいそうだから。

けれど、リオンはそんなラキスディートの言葉を、動作を、誤解したらしい。

しゅんとうなだれて、リオンはドレスをぎゅっと握った。

「お世辞なんかいいです。わたくしに、こんなかわいらしいドレスは似合わないんですわ」

リオンが、悲しんでいる。

その目にきらりと光るものは、流させてはいけないものだ。

召使たちの視線が突き刺さる。

ラキスディートはそれにはは目もくれず、リオンの手を取った。

「違う！」

叫ぶように、口にした。

ラキスディートの大声に、リオンは驚いたのかぽかんとしている。

ラキスディートはその唇をついばみたくなったが、それはぐっと我慢する。

顔が火照《ほて》るけれどリオンから目をそらさずに、口を開いた。

「違う。……リオン、君が綺麗すぎて……」

「え……？」

ラキスディートは、目を見開いたリオンに言《い》い募《つの》る。

「君が綺麗だ。かわいくて、愛らしくて……似合うどころの騒ぎじゃない。妖精みたいだ。いや、妖精よりもずっと、素敵だ」

リオンの戸惑《とまど》いが、咄嗟《とっさ》に繋《つな》いだ手から伝わってくる。

けれど、ラキスディートはリオンを悲しませたくない一心で、嵐のような勢いで彼女の素晴らしさを熱弁することしかできない。

ラキスディートの理性を焼き切ってしまうくらい、今のリオンは庇護欲《ひごよく》をそそった。

華やかなのにはかなげなドレスが、髪形が、飾りが、リオンの魅力を十分に引き出していた。

「かわいい、好きだ、いや、違う、そうじゃなくて。……似合ってる。透《す》き通《とお》るみたいだ」

「ら、ラキスさま、わかりました、わかりましたから……！」

リオンがあわあわと制するが、ラキスディートは更にまくしたてる。

「リオン、君が世界でいっとうかわいい。本当に、こんなにかわいらしいものがあるのかと思うくらい……」

はあはあと、ラキスディートが息を乱す。

渾身《こんしん》の熱をもって、本心を余すところなく伝え終えたときには、ラキスディートもリオンもゆでだこのようだった。

「ら、ら、らきすさま」

ラキスディートがはっと気づくと、リオンは気絶しそうなほどふるふると震えており、召使たちはにまにまと笑っていた。

そして、ラキスディートの背後では「番《つがい》もらうと、冷たい竜王陛下もああなるのか……」「前は氷みたいだったもんな……すごいな……」という囁《ささや》き声《ごえ》が聞こえる。

そちらに視線を向けると、先ほどまで影も形もなかったラキスディートの部下たちが勢揃《せいぞろ》いしていた。

前にいる召使たちはいい。しかし、背後の存在はだめだ。

ラキスディートは矢《や》も盾《たて》もたまらずに、リオンをその白い翼《つばさ》で包み込んだ。

「――私の番《つがい》を見るな」

ラキスディートは、射貫《いぬ》くつもりで部下たちを見やる。

「陛下⁉」

部下たちの顔からは、一瞬でラキスディートの番《つがい》を目におさめた喜びが消え、恐れのあまり冷や汗が浮かんでいた。

「リオンを見たものは名乗り出ろ。ひとりずつ私が剣の稽古《けいこ》をつけてやる」

「ヒィ！　見てません！　陛下の後ろ姿しか見えません！」

「陛下の地獄のしごきはマジで死人が出ますよ」

「無理無理無理死ぬ！」

「陛下が面白いことになってるって言ったのだれだよ！　いやまあ、微笑ましかったけど！」

「宰相《さいしょう》さまだよコンチクショウ！　たしかに微笑ましかったけど！」

バッとその場にひれ伏した部下たちは、その体勢のまま、ずりずりと素早く後退していく。

その中に冴《さ》えるような赤毛が見えて、ラキスディートは口の端を歪《ゆが》めた。

イクスフリードは満面の笑みで人差し指と中指を立てて、後ろ向きに走っている。

「素晴らしいのろけでしたよ」などとのたまうこの輩《やから》を、どう料理してくれようか。

ラキスディートは背に生《は》えた翼《つばさ》をバサバサと震わせ、リオンをいっそう隠すように背を丸めた。

――と、そのとき。

ふいに、腕の中の存在が身じろぎをした。

苦しいのだろうか。怒《いか》りのあまり力を込めすぎたか？

そう思って、ラキスディートは慌《あわ》てて未だ翼《つばさ》で包み込んだままのリオンに視線を落とす。

「ラキスさま、皆さまに好かれていらっしゃるのね……」

リオンは、苦しそうな顔ではなかった。

むしろうれしそうな顔をしているから、ラキスディートの思考は一瞬停止する。

「リオン？」

自慢ではないが、リオンが来るまで、ラキスディートは部下や国民に親しい王ではなかった。

それが……好かれている？

呆《ほう》けるラキスディートの一方で、リオンが目を細めた。

「ラキスさま、変に思わないでくださいね。わたくし、ラキスさまが皆さまに好かれていて、うれしいの」

「これは……好かれていると言ってもいいのか……」

ラキスディートが素直な感想を口にすると、リオンはふふ、と微笑む。

「ええ、ラキスさま。だって、義父母たちはメイドのことなんて大事にしませんでしたわ。あの屋敷では、彼らに心酔しているものはいましたが……陰では不満の声ばかりでした。……だから、ラキスさまの周りが笑顔であふれていることが、わたくしはうれしいのです」

「リオン……」

強張《こわば》りが解けたような彼女の表情に、ラキスディートは思わず見とれてしまった。

リオンの頭の上には、白い羽根がのっていた。ラキスディートが翼《つばさ》を震わせたときに抜けたのだろう。彼女はそのひとつを手に取り、柔らかく頬ずりをする。

「大切なひとが大切にされていることは、こんなに幸せなのですね。わたくし、初めて知りました」

それは――つまり、リオンはアルトゥール王国では、大切なひとが大切にされていると感じたことがないということだ。あるいは、それが幸せだと思ったことがないのか。

ラキスディートは、改めてリオンの中に残された傷は深いのだと知った。

それでも、リオンは今、初めてそれを幸せだと思ってくれた。

――リオン。

ラキスディートの中で、様々な感情が渦巻《うずま》く。

人間たちを許せない気持ち、リオンが幸せでうれしい気持ち。

それらが綯《な》い交《ま》ぜになって、ラキスディートの手を震わせる。

「ラキスさま？」

リオンは、不思議そうにラキスディートを見つめた。

「リオン、私は……」

ラキスディートが、リオンを抱く腕に力を込め……ようとしたところで、背後からすすり泣きが聞こえる。

「番《つがい》さま……なんておやさしいんだよ……」

「聖女かなにかか……？」

「竜王陛下……番《つがい》さまとお幸せに……うっうっ」

男泣きする十数名の大人たち。

文官も武官も揃《そろ》って、嗚咽《おえつ》を漏らしている。

そのおかげで、ラキスディートは逆に理性を取り戻した。

そうだ。今すべきことは、どうしようもない部下たちと同じではない。

現に、眼前の雌竜《めすりゅう》である召使たちは、冷めた目で雄竜《おすりゅう》たちを見ている。

……いや、何人かハンカチで目を押さえているが、それはそれだ。

ラキスディートは、リオンの頤《おとがい》をそっと持ち上げて尋ねた。

「リオンがしたいことをたくさんしよう。リオンがうれしいと、幸せだと思えることをたくさん。

リオンは、なにがしたい？」

「したいこと……」

リオンは目をぱちぱちさせ、しばし考えるようにラキスディートを見上げた。

リオンの視線がゆっくりと動く。やがてそれは、彼女の着ているドレスへたどり着いた。

途端に、レースの隙間から見えるリオンの目が、きらきらと輝き出す。

「……ダンス」

「ダンス？」

ラキスディートが問い返すと、リオンは大きくうなずいた。

「そう、ダンスがしてみたいわ。昔少し習っただけなのだけれど、本当に楽しかったから……社交界デビューもしないままだったから、一度も踊ったことがないの。こんなに綺麗なドレスで踊れたら、きっと幸せね」

子どものような口調で、リオンはうれしそうにラキスディートを見つめる。

そうだ。リオンはあの義妹たちが楽しげにダンスの練習をしている間、部屋にこもることしか許されなかったのだ。

ラキスディートは、湧《わ》いてきた怒《いか》りをかぶりを振って霧散《むさん》させる。

「ラキスさま？」

小首を傾げるリオンに、ラキスディートは柔らかい笑みを浮かべた。

「リオン、君の願いなら、なんでも叶えるよ」

ラキスディートがそう言うと、召使たちは心得たようにお辞儀をして、役人たちを連れていく。

入れ代わるようにエリーゼベアトがふたりの前に進み出て、にっこりと微笑んだ。

「満点以上ですわ、お兄さま。宰相《さいしょう》閣下にも困ったものですが……ふふ、おふたりののろけを聞けましたから、私たちは最高の気分です」

「え、エリィ！　のろけ、なんて」

リオンは動揺しているのか、顔を真っ赤にした。

「リオンのこの格好は……お前の差し金か？　エリーゼベアト」

ラキスディートの追及に、エリーゼベアトは飄々《ひょうひょう》と答えてみせる。

「いいえ、いいえ？　ただ、お姉さまとお兄さまに楽しんでいただこうとしたまでですの。人間の言葉で……そう、さぷらいず？　というものです」

エリーゼベアトが自慢げに胸を張る。

雌《めす》の竜は恐ろしい。行動力が尋常ではない。

ラキスディートがそう思ったあたりで、遠くのほうから音楽が流れてきた。

なるほど、ここまで仕組まれていたのか。

ラキスディートは半ば呆《あき》れながら、リオンを抱き寄せる。

エリーゼベアトは後ろを振り返り何事か確認したあと、すっとすました顔になって言った。

「……さあ、準備ができたようですわ」

どこか厳《おごそ》かな雰囲気《ふんいき》を纏《まと》って、エリーゼベアトが背後の扉を開ける。

ガラス張りの扉の向こうには、夕焼けに染まった中庭が広がっていた。

青い薔薇《ばら》が朱《しゅ》に照らされ、紫に映えている。

「ラキスさま」

リオンが戸惑《とまど》ったように仰《あお》ぎ見《み》て、ラキスディートを呼ぶ。

その声の、なんとあまやかなことか。

景色を眺めてみれば、なるほどたしかに、今日のために用意したのだろう。

薔薇《ばら》の植え込みがアーチに変わり、広々とした空間がぽっかりと作られていた。

リオンも知らなかったらしく、驚いたようにぽかんと口を開けている。

それがまた愛らしくて、ラキスディートは自然とリオンの前に跪《ひざまず》いていた。

「リオン」

「はい、ラキスさま」

「私の番《つがい》、私の姫君——どうか、私と踊っていただけますか」

ラキスディートの背が震える。翼《つばさ》がびりびりするような緊張感。

この美しい妖精にダンスを断られたら、なんてありもしないことを考えてしまう。

恋に落ち、恋に耽溺《たんでき》している。

ラキスディートは、書物で読んだ人間の男の恋に、初めて共感した。

リオンの白い手が、なんの戸惑《とまど》いもなく、ラキスディートの差し出した手に重ねられる。

——この美しい少女が、自分の手を取ることの、幸福よ。

詰めていた息が、ふっと漏れた。

はにかんだ口元から、鈴を転がしたような声が響く。

「ええ、喜んで。……わたくしの王子さま」

それ以上の言葉はいらなかった。

遠くから、ワルツの旋律《せんりつ》が聞こえる。

ふたりはそれに合わせてただ微笑み、たまにキスをした。

くるりくるりと回るたびに、リオンの薄紅色《うすべにいろ》のドレスがふわりと広がるのを楽しむ。

ワルツなんて、踊ったことがない。それはリオンも同じだろう。

だからステップなんて考えないで、めちゃくちゃな足さばきでもかまわずに回った。

まるで子どものダンスのようだ。

けれど、ふたりにはそれでよかった。それがよかった。

リオンは竜の番《つがい》で、ラキスディートはリオンの番《つがい》だ。もう、人間の作法なんて気にしなくていい。

夕焼けが、リオンの髪を濃い赤に染める。

揺れる髪と膨《ふく》らむスカートが、まるで吸い込まれるように空に溶けていた。

「リオン」

ラキスディートは口を開く。

本当に、本当に愛《いと》しくて、言葉にできないほどのもどかしい気持ちを、どうにかして伝えたかったから。

「好きだ」

リオンが、はっとしたようにラキスディートを見る。レースの隙間からのぞく青い目が、ゆらゆら揺れていた。

ぽろりとこぼれ落ちたのは、涙だ。

「……わたくしも」

リオンの声が震える。

そして幸せそうに微笑みながら、ラキスディートの手を握り締める。

リオンの足が止まった。それから静かに、消え入りそうな声で言った。

「わたくしも、あなたが好き……好きです。ラキスさま」

そう言われると、もうだめだった。

リオンへの愛《いと》しさが、ラキスディートの胸の内を吹き荒れる。

「リオン、君が好きだよ。この世界で一番、この生涯《しょうがい》で一番。私の魂《たましい》が消えるときまで、君の側《そば》にいたい」

「わたくしも……わたくしもです。ずっとあなたと一緒にいたいの」

ぽたぽたと、涙がリオンの胸を濡らしている。

ラキスディートがそうっと拭《ぬぐ》うと、それはあたたかい。

とくとくと鳴るリオンの心臓の音が、とても近いところから聞こえる。

いつの間にか音楽はやさしい旋律《せんりつ》に変わっていて、空には星が見えた。

夜空に星屑《ほしくず》が輝いて、きらきらと、リオンとラキスディートのふたりを照らしている。

「リオン、おいで」

「はい、ラキスさま」

ラキスディートが手を広げる。

迷いなく、リオンはラキスディートの胸の中に飛び込んできた。

リオンをしっかりと抱き締めたあと、ラキスディートは背に力を込める。

バサァ……と、大きな音がする。同時に、ガラスのような羽根の一枚一枚が震えて、りいんりいんと鳴った。

ラキスディートは背に翼《つばさ》を広げ、リオンを横に抱いた。

そして、空へ向かう。

空はラキスディートの庭だ。縦横無尽《じゅうおうむじん》に、風のように飛び回ることができる。

けれど今はずいぶんと緩やかに、ラキスディートは飛んだ。

「ラキスさま。空が、空が綺麗……」

声を震わせるリオンを、ラキスディートはやさしい眼差《まなざ》しで見つめる。

「星が綺麗だからだよ。リオン」

「本当に、群青《ぐんじょう》の空が……綺麗なの」

リオンは、また涙を流した。

「ラキスさま。あなたに、抱き締められているみたい」

子どものような口調で、リオンがつぶやく。

それが昔のリオンみたいで、ラキスディートは微笑んだ。

リオンは、ラキスディートの首に腕を回す。ぎゅうっと抱きついて、幸せそうにほうっと息を吐いた。

ラキスディートは、リオンが泣くのはいやだった。あの、幼い頃の悲痛な涙を思い出すから。

けれど、今のリオンの涙は、心の底から愛《いと》おしい。

「私が空なら、君に照らされているんだね。リオン、私の星屑《ほしくず》」

ラキスディートがそう言うと、リオンはふふ、と小さく声を漏らす。

「では、ラキスさまはわたくしの空なのね。……大好きよ、ラキスさま」

星屑《ほしくず》がふたりを照らし、夜空が星屑《ほしくず》を守っている。

星屑《ほしくず》がなければ、夜空は暗いだけだ。

リオンに幸せ以外の涙を、決してもう流させない。

リオン、愛《いと》しい番《つがい》。

慈《いつく》しむべき星屑《ほしくず》に、ラキスディートはそうっと口付けをした。

重なった唇は甘くて、砂糖みたいだった。きっとこれが、星屑《ほしくず》の味なのだろう。

「私も、君が愛《いと》しい」

言葉に込められた想《おも》いは、きっとひたすらに重い。

それでもいい。リオンが受け入れてくれるから。

あたりがすっかり暗くなっても、ラキスディートとリオンはずっと、夜空の星を眺めていた。

第五章

蜜月のひと月と、その延長期間が終わり、ラキスディートは仕事をするようになった。

リオンはラキスディートの膝《ひざ》の上にいるのが当たり前になっていたけれど、彼は竜王国を統《す》べる竜王だ。ずっとリオンと一緒にはいられない。

召使のひとりに聞くと、彼はここ十年、リオンを捜す旅をしていたらしい。その間は執務《しつむ》ができなかったため、仕事の遅れを取り戻すのに忙しいのだという。

今日も、リオンがラキスディートと部屋でのんびり休んでいると、イクスフリードがやってきた。もう、ラキスディートが仕事をしなければならない時間だ。

「ラキスさま……」

「リオン……」

「今生《こんじょう》の別れじゃないんですから。仕事くらいさっさとしてください、陛下」

リオンとラキスディートが見つめ合うのを、イクスフリードがじとりと眺める。

ラキスディートは半刻ほど粘《ねば》ったが、やがてイクスフリードに髪をむんずと掴まれ、仕事場に引きずられていった。

リオンはそれを見て、イクスフリードのことがちょっと恨《うら》めしくなる。

そう思ってしまうくらい、リオンはラキスディートに独占欲を抱《いだ》くようになっていた。

それをエリーゼベアトに相談すると、彼女はくすりと笑う。

「リオンお姉さまは、本当に愛らしくていらっしゃるわね」

「で、でも、エリィ。わたくし、これじゃあ嫉妬深《しっとぶか》いいやな女だわ。お仕事は大事なのに……」

リオンはしゅんとうなだれながら、針を動かした。

リオンはラキスディートを待つ間、刺繍《ししゅう》をすることにしたのだ。

長い前髪には慣れているから、視界が多少悪くても迷いなく針を刺す。

サクラの紋様《もんよう》の描かれたテーブルには、たくさんの刺繍糸《ししゅういと》が並んでいる。

その中で、濃淡《のうたん》様々な青の刺繍糸《ししゅういと》がよく減っていた。

そんなリオンを、エリーゼベアトは微笑ましげに見る。

「嫉妬《しっと》なんて。リオンお姉さまのそれは、かわいらしいやきもちです。恋人なら当然の権利と義務ですわ」

「面倒くさい女だと、ラキスさまはお思いになるのではなくて？」

「まさか」

不安げなリオンの問いかけに、エリーゼベアトは首を横に振った。

部屋の隅《すみ》に控えて、足りない糸や布をなにくれとなく補充してくれる召使たちも、同様の動作をする。

「陛下は番《つがい》さまにやきもちを焼かれていると知れば、うれしさで死んでしまいます」

「ベタ惚れですもの」

「本当にねえ、寵愛が深くいらして」

召使たちが口々に話すのを聞き、エリーゼベアトは満足そうににっこり微笑んで、リオンに向き直る。

「ほら、あの子らもそう言っておりますでしょう？」

「う、ううう……！」

リオンの顔が熱くなる。

ラキスディートに愛されていることを受け入れてから、こうして他者からそれを告げられること
に、めっきり弱くなってしまった。

リオンがうつむいて前髪で顔を隠すと、エリーゼベアトたちは、またあたたかい眼差《まなざ》しを向けて
くる。

前髪がもう少し長ければいいのに。恥ずかしくて前を見られない。

「だって、でも、ええと、その……。ほ、本当に、大丈夫かしら……」

よくわからないことをモニョモニョ言って、リオンは羞恥《しゅうち》で震える手元に視線を落とした。

そして、あっと気づいて針を持ち直す。

リオンは糸の処理をして、余った分をはさみで切り、ああ……と声を漏らした。

いつの間にか刺繍枠《ししゅうわく》の中には、大輪の青薔薇《あおばら》がいくつもいくつも刺繍《ししゅう》されていたからだ。

夢中で刺していたから気づかなかった。

本当はとても小さな小物にするつもりだったのに、これではできまい。

「ええと……」

どうしよう。こんな大きな図案では、ハンカチにするのも難しいだろう。

リオンが初めてラキスディートに気持ちを伝えられたのも、一緒にダンスをしたのも、青い薔薇《ばら》の咲く庭だった。

だから、その素敵な記憶を留《とど》めたくて、いつも身近に持っていたくて、青薔薇《あおばら》を刺したのだ。

だが、これはどう考えても壁掛けの大きさである。身につけるものにはできそうもない。

うんうん悩むリオンの手元を、エリーゼベアトがのぞき込む。

そして、「まあ！」と声を上げた。

「お姉さま、青薔薇《あおばら》ですね！　素晴らしい刺繍《ししゅう》ですわ……」

「そんな、言いすぎよ。わたくし、そんなにうまいほうではないもの」

義母が、決して褒《ほ》めてはくれなかった刺繍《ししゅう》だ。むしろ、仕事の遅いリオンを叱《しか》っていた。

義妹のヒルデガルドが刺繍《ししゅう》の名手だと有名だった分、リオンは自分の刺繍《ししゅう》がうまいものだとは思っていない。

しかし、エリーゼベアトは何度もかぶりを振った。

「いいえ、いいえ！　ここまで素晴らしい刺繍《ししゅう》、私は見たことがありません。皆さんもそうよね？」

「はい！」

「本当に素晴らしいわ……！　孫が見たら金貨十枚積んでもほしいと言いそう」

「それであなたは二百枚出すのでしょ？」

「うふふ、ばれた？」

「わたしもほしいです！」

召使たちが、リオンを囲んではしゃぐ。

リオンはそれを見ながら、竜はセンスが独特なのかしら、などと思った。

エリーゼベアトたちの称賛は素直に信じられないが、彼女たちの目に嘘はないように思える。

リオンは知らず、詰めていた息を吐いていた。

「あ、あの……皆さま、ありがとう」

リオンが小さく頭を下げると、召使たちは皆、顔を赤らめた。

「もったいないお言葉です！」

「こんな素晴らしいものを見せていただけただけでも幸せですのに！」

「本当に！　ありがとうございます！　番《つがい》さま！」

「まあ……」

これには、リオンは照れくさくてはにかんだ。

褒《ほ》められる経験にはまだ乏《とぼ》しいから、あたたかい言葉が例えようもなくうれしい。

「うれしいわ。褒《ほ》めてくれてありがとう」

だからリオンは心の底からそう言って、花が綻《ほころ》ぶようにふわりと微笑んだ。

とはいえ、この刺繍布《ししゅうぬの》はなににしようか。

そう思いながら枠《わく》から外し、広げてみると、エリーゼベアトがあら、と目をしばたたいた。

「ちょうど額縁《がくぶち》に飾れそうな大きさですわね」

「額縁《がくぶち》？」

聞き返したリオンに、エリーゼベアトはにこやかに答える。

「ええ。ついこの間、竜の職人が作ったものを、ひとつもらってきましたの。白い額《がく》でしたから、ちょうどこの青薔薇《あおばら》と合うのではないでしょうか」

額縁《がくぶち》に飾るほど大したものではないような気がするけれど、とリオンは思うが、エリーゼベアトはどんどん話を進めていく。

「さっそくご用意しましょうね。あ、もしかして、なにを作るか決めておいででしたか？」

「い、いいえ。小さな小物を作ろうと思ったのだけれど、大きく刺しすぎてしまったの。だからまだ決めていないわ」

「それでしたら、ぜひ飾りましょう！　陛下の執務室《しつむ》に飾れば、きっと喜ばれますわ！」

エリーゼベアトはわっとはしゃぎ、額縁《がくぶち》を運んでくるよう、召使たちに命じる。

あっという間の出来事に、リオンは驚いて目をぱちぱちさせた。

けれどエリーゼベアトたちが喜んでいるから、まあいいかと思って微笑む。

そうして、ふと召使のひとりが持っている布の束《たば》へ視線を向けて——その一番上に畳《たた》まれている、青空を溶かしたような色の布に目を留めた。

「番《つがい》さま？」

布を持つ召使が、リオンの視線に気づいて声をかける。

「あ、ええと、ごめんなさい。その、青い布……それが、気になって」

「これですか？」

召使が青い布を広げ、リオンの前のテーブルにふわりと置いた。

リオンはその薄青色に、懐かしさを覚えた。

どこかで見たような空の色。

幼い頃、だれかと見たような――そんな思いが、リオンの中にほんわり浮かび上がった。

「……そうだわ。次は、これに刺繍《ししゅう》をしてみようかしら」

リオンがそうつぶやくと、召使はぱぁっと顔を輝かせる。

「まあ。それはきっと、素晴らしいものができるのでしょうね！」

「お姉さま、新作を作られるの？　楽しみ！」

召使との会話に気づいて、エリーゼベアトがリオンの手元を見る。

「綺麗な薄青色だわ。布地は……ああ、ハンカチにちょうどよさそうですわね」

リオンも生地《きじ》に触《ふ》れてみると、大変手触《てざわ》りがよかった。

たしかにこの触り心地《ここち》のよい布は、ハンカチにするのがいいかもしれない。

「では、ハンカチにしましょうか。サクラを刺繍《ししゅう》したいの。ここに、ひとつ、ここにふたつ……。端を縫《ぬ》う糸を、少し濃い青にして……縫《ぬ》い目《め》を細かく……」

図案を考え始めたリオンを、エリーゼベアトたちはうれしそうに見つめる。

リオンは、ふと布地の一点で指を止めた。

「……ここが、空《あ》くわ……」

流れるようにサクラを配置していくと、大きく空《あ》く場所ができる。

そこになにもないのは寂しく、かといってサクラを追加すれば先ほどの青薔薇《あおばら》の二の舞だ。

どうしようかしら、とリオンは首を傾げる。

そのとき、リオンの手元を見ていたエリーゼベアトが、思いついたように口にした。

「おまじないの言葉を入れてみるのはどうでしょう」

「おまじない？」

リオンが聞き返すと、エリーゼベアトは楽しそうに続ける。

「竜に伝わる、魔法の原形ですわ。大きな効力がないので、今はあまり使われていないのですけれど。古い文字で記《しる》すと見た目がとても綺麗なので、よく飾りとして使われるのです。それに、強い想いをこめれば、叶うこともあるそうですよ」

「そう、そうなのね……」

リオンは少し考えた。

おまじないの言葉を使うかどうかではなく、どんなおまじないにするか、を。

「ラキスさまの役に立つおまじないは、あるかしら」

「陛下の？」

エリーゼベアトに聞き返されて、リオンははっと顔を熱くした。

当然のように、自分がラキスディートのためのハンカチを作ろうとしていると気づいたからだ。

「あ、あのっ、えっと、ちが、違わないのだけれどっ！」

「ええ！　ええ！　野暮《やぼ》なことは聞きませんわ。お姉さまがお兄さまを好もしく思っていらっしゃるということですものね！」

「え、エリィ……」

喜色満面のエリーゼベアトに、背後できゃあと黄色い声を上げる召使。

彼女たちの様子に、リオンは手で顔を覆《おお》った。

ふふ、と笑って、エリーゼベアトが続ける。

「そういうことでしたら、イクスフリード宰相《さいしょう》に聞くのがよろしいですわね……この国で、おまじないに最も詳しいのは宰相《さいしょう》なのです」

そう言われ、リオンは少し前に目にした、顔を隠した深紅《しんく》の髪の青年を思い出した。

「宰相《さいしょう》……顔を隠していらした方よね？」

「ええ。イクスフリード宰相《さいしょう》は古代魔法に関しては、陛下すらかなわない知識人ですの。私の魔法の先生でしたのよ」

エリーゼベアトがにこにことそう言いながら、針山をそっとリオンの手元に寄せる。リオンがそれを取ろうとしていたことに気づいてくれたらしい。

「まあ……すごい方なのね」

リオンは針山をありがたく受け取り、手に持ったままだった針をそこに刺す。

話に集中したいと思ったからだ。

エリーゼベアトは裁縫箱《さいほうばこ》を召使に持ってこさせ、その中に針山をしまいながら話す。

「おまじないを教えてもらえるよう、陛下にお伺《うかが》いしますか？　リオンさまのご希望でしたら、陛下もご了承くださるかと思いますわ」

「陛下に？　宰相《さいしょう》さまではなくて？」

「はい」

「はい……？」

当然のようにうなずくエリーゼベアトを見て、リオンは不思議に思った。

なにかうまく伝わっていないような気がする。

お願いをするなら、イクスフリードにではないだろうか。

ああでも、もしかしたら、彼に仕事を頼むとなると、ラキスディートの許可がいるのかもしれない。

だが、自分のために、ラキスディートの手を煩《わずら》わせたくはない。

リオンはそう自己完結して、エリーゼベアトを見上げた。

「ラキスさまには……内緒にしてほしいの」

「陛下にお伝えしないほうがいいのですか？」

エリーゼベアトは、不安そうにリオンを見つめる。

そんな彼女に、リオンは大きくうなずいた。

「ラキスさまの邪魔はしたくないし……それにわたくし、まだ刺繍《ししゅう》が上手ではないから、失敗したらと思うと不安なの」

エリーゼベアトたちに褒《ほ》められはしたけれど、まだ自分の刺繍《ししゅう》がうまいとは思えない。

リオンは苦笑して、かすかに首を傾けた。

「きちんと完成してから、ラキスさまにお伝えしたいのだけれど……エリィ、だめかしら」

「リオンお姉さまの作品は、とても素晴らしいものばかりですが……」

エリーゼベアトが少し不満そうに言う。

だからリオンは慌《あわ》てて続けた。

「そ、それにね。は、恥ずかしいのだけれど、その、びっくりさせたくて……」

その言葉に、エリーゼベアトははっとして、その黄金の目をきらきらと輝かせた。

後ろの召使たちも、一斉に身を乗り出している。

「あらあら、まあまあ！　そういうことでしたら！　このエリーゼベアト、ぜひご協力しますわ！」

エリーゼベアトがリオンの両手を包み込むように握り、力強く言った。

リオンは急に、自分の言ったことが恥ずかしくなった。

けれど、言ってしまったものは、もう変えられない。

このように反応されるのは、何度経験しても慣れそうもない。

リオンは照れくさくて、あわあわとまごつく。

「ありがとう、あの、あのね。丁寧《ていねい》に丁寧《ていねい》に作るから、その、ええと、頑張るわね」

ようやく口にした言葉はやはり照れくさくて、リオンははにかんだ。

こんなに幸せなことがあるのね、なんて思ったけれど、それはそれとして恥ずかしい。

「ええ、お姉さま！」

エリーゼベアトが強くうなずく。

これが初めての贈り物作戦。

リオンはぎゅっと握った両手を見る。

改めてラキスディートへの想《おも》いを自覚して、リオンの胸はどきどきとうるさく高鳴った。

◆　◆　◆

「それでは、失礼いたしますわ」

エリーゼベアトはそう声をかけて、ふたりの若い召使とともに一度リオンの部屋から退室した。

贈り物作戦を決行するために、エリーゼベアトからイクスフリードに連絡を取ることになったからだ。

エリーゼベアトは、それにしても、とつぶやく。

「お姉さま、陛下に内緒にしたいだなんて、本当におかわいらしくていらっしゃるわ。陛下はきっと、やきもちを焼いてしまうわね」

「まったくです。書物によると、少々のやきもちはスパイスと申しますからね。御子さまの誕生が楽しみです」

ひとりの召使は深くうなずき、扉越しにリオンにきらきらとした眼差《まなざ》しを向ける。

エリーゼベアトを含め、召使たちはリオンが楽しそうに笑える日が来てよかったと、心から思っていた。

ここに来た当初は、心身ともにひどく傷ついていたから、余計に。

エリーゼベアトたちは、リオンが好きだ。大好きだ。

だから、リオンが自分たちの身内になってくれるのをうれしく思う。

そして、彼女の番《つがい》と仲睦《なかむつ》まじい様子を見ていると、召使たちの少女らしい、番《つがい》への憧《あこが》れがふわふわと膨《ふく》らむのだ。

なにせ、番《つがい》と出会うだけでも大変だ。

その上、リオンとラキスディートは壮大《そうだい》な救出劇を経て、想《おも》いを通わせた。

そんなの、番《つがい》のいないものの胸をときめかせないわけがない。

ドラマティックな恋愛談に心躍らせるのは、いつの世も、いかなる種族においても、年頃の女の子の常《つね》である。

きゃっきゃと、エリーゼベアトとひとりの召使は手を取り合ってはしゃいだ。

ふたりはまだ三百年しか生きていない少女だ。仕方のないことだろう。

竜は長寿で、五百歳を超えてからが一人前だ。彼女たちの青春は、まだまだこれからなのである。

「……あのう」

そのとき、もうひとりの召使が小さく声を上げた。

彼女は、エリーゼベアトたちより百ほど年上の女だった。

エリーゼベアトが振り返ると、その召使は不安げな顔をして、竜の中でも背の高いエリーゼベアトを見上げる。

「私、思ったのですが……もし隠しごとを陛下が知ったとき、お怒《いか》りになられませんか……？」

エリーゼベアトは、頭から抜け落ちていたことを指摘され、はっとする。

竜の嫉妬《しっと》は恐ろしい。

竜は生涯《しょうがい》、じしんの番《つがい》しか愛せない。だから竜は、愛情を一途に番《つがい》へ注《そそ》ぎ続《つづ》ける。

だが、番《つがい》が竜でない場合、その番《つがい》が他人と好き合うことももちろんある。

そのときは番《つがい》の幸せを願い、身を引くことが多いらしい。

しかし、心の通じ合った番《つがい》に対しては、話は別である。

凄《すさ》まじい独占欲を隠そうとせず、番《つがい》の恋愛対象となり得る相手を、徹底的に排除しようとする竜もいるくらいだ。

ラキスディートが、リオンにいたく執着しているのは周知の事実。

リオンがラキスディート以外の男と会おうものなら、ひどく嫉妬《しっと》するに違いない。

だからエリーゼベアトは、イクスフリードに直接教えを請《こ》う前に、一度ラキスディートの許可を得るよう提案したのだった。

だが、あまりにリオンが愛らしくて、すっかり忘れてしまっていた。

もしリオンがイクスフリードと会っていることを、ラキスディートに気づかれたら。

「……宰相《さいしょう》さまのお命が危《あや》ういかもしれないわ……」

エリーゼベアトは、思わず頭を抱《かか》えた。

イクスフリードは妻子持ちだが、おそらくそんなことはラキスディートには関係ないだろう。

召使たちも、エリーゼベアトに沈黙で同意した。

エリーゼベアトはしばらく悩んだのち、意を決したように宣言する。

「……でも、リオンさまとの約束だもの。必ず成功させましょう。……さあ、宰相《さいしょう》さまを守るためにも、綿密《めんみつ》な作戦を練《ね》らなくてはね」

「そうですね！」

召使たちが力強くうなずいたのを見て、エリーゼベアトは今後について思考を巡らせるのであった。

◆◆◆

贈り物作戦をすることを決めてから、三日後。

リオンはラキスディートへ贈るハンカチを作る前に、いくつかサクラの図案を練習すべく、今日も刺繍《ししゅう》をすることにした。

ラキスディートの目が好きだ。

ラキスディートの髪が好きだ。

ラキスディートの声が好きだ。

ラキスディートの心も含めて、全部が好きだと思う。

大好きだから、とっておきを贈りたい。

リオンは、小さな小物入れから白いハンカチを取り出した。竜王国に来てから、リオンのために用意されたハンカチだ。

失敗したって自分で使えばいいから、練習するにはちょうどいい。

とはいえやはり、これはもらったものだ。だから、リオンは召使に尋ねることにした。

「これに、刺繍《ししゅう》をしてもいいかしら？」

「もちろんです。番《つがい》さまがしてはいけないことなんて、ここにはありませんわ」

召使は、にこやかに返してくれる。

質問に、きちんと答えが返ってくるのがうれしい。笑顔で話してもらえるのがうれしい。

アルトゥール王国では、そんな些細《ささい》なことでさえありえなかったから。

それもこれも、ラキスディートが連れ出してくれたからだ。

リオンは、微笑みを浮かべていた。

この気持ちなら、サクラを楽しく練習できそうだと、リオンは召使を見る。

「ありがとう」

そう言うと、召使は静かに頭を下げた。

それからリオンの心を読んだかのように、すぐさま十《とお》ほど薄紅色《うすべにいろ》の刺繍糸《ししゅういと》を差し出してくる。

ひと口に薄紅色《うすべにいろ》といっても、濃いものから淡《あわ》いものまである。

想像していたサクラにぴったりの色ばかりで、リオンはぱちぱちと目をしばたたいた。

「素敵ね。この色がほしかったの。ありがとう、カイナルーン」

今、まめまめしく働いている召使は、カイナルーンという薄い金色の髪の少女だ。

直接話すのは初めてだが、エリーゼベアトが召使ひとりひとりを紹介してくれたときに全員の名前を覚えたから、間違ってはいないはず。

そう思っていると、ふんわりといい香りがした。その香りをたどって、リオンはこうべを巡らす。

その源《みなもと》はすぐにわかった。

カイナルーンがポットを傾け、紅茶を淹《い》れようとしていたのだ。

「か、カイナルーン……？」

そして——彼女はなぜかその体勢のまま、目を見開いて固まっていた。

どうしたのかと、リオンが不安になって声をかけると、カイナルーンははっと目を輝かせる。

「わ、私の名前を覚えてくださっているなんて……！」

「ええ、ええ。覚えているわ、だってきちんと聞いたもの」

リオンがうなずくと、彼女は大きな目を更に見開いた。

「名前を⁉　一度で⁉　これが本当の姫君……私は今、感動で死んでしまいそうですっ！」

すると、カイナルーンがびたん！　となにかを床に打ちつけた。

その音に驚いて、リオンの肩が跳ねた。カイナルーンは「ああ！」と声を上げる。

「す、すみません、尻尾《しっぽ》が、尻尾《しっぽ》が出てしまいました……あんまり感激して……しまって……！」

「尻尾《しっぽ》？」

リオンは不思議に思って、カイナルーンの向く先に視線を下げる。

すると、艶々《つやつや》だが鱗《うろこ》のびっしりとついた、蛇《へび》やトカゲに似た赤い尻尾《しっぽ》が、カイナルーンのスカートの裾《すそ》からのぞいていた。

「うう、尻尾《しっぽ》が出るなんて子どもみたい……！」

「まあ、本当に、竜には尻尾《しっぽ》が生《は》えているのね……」

カイナルーンは恥ずかしがっているが、一方のリオンはなんだか感動していた。

昔読んだ本に、竜には翼《つばさ》や尻尾《しっぽ》が生《は》えていると書かれていたから、実はずっと気になっていたのだ。

リオンが暮らしている竜王の居住地、つまり竜王国の城では、竜たちは人間と同じ姿で過ごすことが普通らしい。

そのため、翼《つばさ》はラキスディートの背に見たことがあったが、尻尾《しっぽ》を目にしたのはこれが初めてだ。

思わず、リオンはふらふらとカイナルーンの尻尾《しっぽ》に手を伸ばす。

「つ、番《つがい》さま⁉」

カイナルーンはリオンの手に気づいて、素《す》っ頓狂《とんきょう》な叫びを上げた。

リオンははっと我に返り、あ、と声を漏らす。

断りもなしに体の一部に触るのは、失礼なことだ。

「ごめんなさい。つい、綺麗で……」

しゅんとしながらリオンが謝ると、カイナルーンは激しく首を横に振った。

「いいえ、いいえ！　私こそ、叫んだりしてすみませんっ！　……えっと、その、尻尾《しっぽ》にご興味が？」

「え、ええ。実はずっと気になっていたの」

リオンは竜が大好きだ。自分でも理由はわからないけれど、尻尾《しっぽ》には特に愛着が湧《わ》いてしまう。

どうしても赤い鱗《うろこ》の尻尾《しっぽ》に視線が吸い寄せられるのを止められない。

「あのう……その、私のでよければ触りますか？」

恐る恐るといった風に、カイナルーンが提案した。リオンはすぐさま表情を明るくする。

「いいの？」

「はい！　ただ、そっと触られるとくすぐったいので、しっかり触ってもらえるとうれしいです！」

「わかったわ、ありがとう！」

カイナルーンの許しを得て、リオンは頬が紅潮《こうちょう》するのがわかった。

憧《あこが》れの竜の尻尾《しっぽ》についに触れるのだと思うと、そわそわしてしまう。

その様子にカイナルーンが苦笑しているが、この気持ちは止められない。

リオンの手が、再びカイナルーンの尻尾《しっぽ》に伸びる。

今にもその鱗《うろこ》に触《ふ》れようとした、そのとき。

バン！　と音を立てて、リオンの部屋の扉が開いた。

「リオン！　無事か!?」

扉が大きな音を立てて、勢いよく壁にぶつかった。蝶番《ちょうつがい》がみし、と軋《きし》む。

そこには、長い髪をばさりと揺らし、金の目を吊り上げ、どこか焦《あせ》ったような様相のラキスディートがいた。

ラキスディートに、なにかあったのだろうか。

それとも、なにか悪いことがこの国に起こったのだろうか。

今まで見たことのないほど険《けわ》しい顔で、ラキスディートがリオンを見つめている。

リオンはドレスを軽くつまみ、長い裾《すそ》を持ち上げてラキスディートのもとへ歩み寄った。

「どうなさったの、ラキスさま」

「リオン」

ラキスディートがリオンを呼ぶ。それからリオンをじっと凝視《ぎょうし》したあと、部屋を見回した。

背後のカイナルーンが、ひゅっと息を呑む。

リオンはそれを聞いて、やはりよくないことがあったのかと体を震わせた。

「どう、なさったの？」

リオンは、恐る恐る口を開いた。

その、次の瞬間。

ふわりと、風がリオンの頬を撫でた。

ついで、リオンの体を圧迫感が襲う。

抱き締められていると気づいたのは、ラキスディートの香りがリオンの鼻腔《びくう》を満たしてからだった。

「リオン、リオン……」

ラキスディートが何度も絞《しぼ》り出《だ》すように囁《ささや》く。

「ラキスさま……」

リオンはいっそう不安になって、ラキスディートの胸に顔を寄せた。

ラキスディートは、やっと安堵《あんど》したように小さくつぶやく。

「リオンの部屋からだれかの叫び声が聞こえて、なにかあったのかと……」

「あ、え？」

叫び声？

すぐにそれがカイナルーンのものだとわかったけれど、彼の言うことに理解が追いつかない。

ラキスディートは、なおも続ける。

「リオンはかわいくてかわいくて仕方ないから、だれかにさらわれてしまったんじゃないかと思って飛んできたんだ」

「え……」

リオンは思わずぽかんと口を開けた。

ラキスディートは飛んできたと言う。

それは、文字通り『飛んで』きたのだろう。

ラキスディートの執務室《しつむ》は広い城の最上階の端にあり、リオンの部屋からは遠い。

ラキスディートは階段などを無視して飛び続け、あっという間に最短距離でやってきたようだ。

だが、今はそんなことどうでもいいのだ。

リオンは先ほどまでの不安を彼方《かなた》に放り投げ、ラキスディートの腕の中から逃《のが》れようと、細い腕を突っ張った。

「さらわれるなんて、ありえません！　わたくし、ラキスさまや、皆さまに守っていただいておりますし、第一、わたくしをかわいいとおっしゃるのはラキスさまくらいです！」

不意打ちの甘い言葉に、リオンは沸騰《ふっとう》しそうなくらい顔を熱くした。

ラキスディートは格好いいし、綺麗だ。隣に並ぶ自分が霞《かす》むくらい魅力的なひと。

そんな彼にかわいいと言われることにはまったく慣れそうもなく、うれしく思うより恥ずかしくなってしまう。

目がぐるぐる回る。耳もひどく熱くて、湯気が出そうだ。

そんなリオンのことなど気にも留めず、ラキスディートは大きな声を出した。

「かわいい！　リオンはかわいいよ！」

「嘘おっしゃい！」

リオンはどうしてか、怒っているようにラキスディートに言葉を発してしまった。

たまにこういうことがある。

まるで、幼馴染のような口調で、ラキスディートに話してしまうのだ。

リオンに幼馴染などいないのに。

ラキスディートは、更にきつくリオンを抱き締めた。

「本当だ、リオン！　リオンはかわいくてかわいくて、犯罪的なくらいかわいい！」

前髪の隙間から、真剣な表情のラキスディートが見える。

その端正な顔立ちに、場違いにもリオンの胸は高鳴ってしまった。

「ら、ラキスさまのおめめはおかしいのですっ！」

どきどきとうるさい鼓動《こどう》をごまかすように、リオンはぐっと目に力を込めてラキスディートを見上げた。

「うっ……！」

「ラキスさま!?」

途端、胸を押さえるラキスディートに、リオンは思わず声を上げる。

だが、ラキスディートの次の発言に、またリオンは言葉を失ってしまった。

「リオンがかわいすぎて死ぬ」

「あ、ええ？」

リオンがおろおろしていると、涼《すず》やかな声が発される。

「陛下、番《つがい》さま。おふたりのことをどう表現するのか、私存じております」

リオンとラキスディートは、ふたりして硬直した。他人がいるのをすっかり忘れていたのだった。

リオンがはっとしてそちらに視線をやると、カイナルーンはにんまり笑っている。

更に、扉の外からはエリーゼベアトや他の召使たちが勢揃《せいぞろ》いして部屋をのぞき込んでいた。

あるものは涙を流し、あるものは手を合わせている。エリーゼベアトは号泣していた。

彼女たちは、なぜか自分たちを拝《おが》んでいるらしい。

ラキスディートはやっと気づいたように、召使たちのほうを見る。

彼女たちは、きゃあ！　と歓声を上げた。

そして、カイナルーンは堂々たる態度で口を開く。

「おふたりのような方々は……ばかっぷる、というんですよ」

「ばかっ、ぷる？」

聞き慣れない言葉にリオンが首を傾げると、カイナルーンは微笑んで続けた。

「仲がとてもよろしいということですわ。番《つがい》さまと陛下は、文句《もんく》のつけようがないほど相思相愛《そうしそうあい》ですのね！　痴話喧嘩《ちわげんか》も愛らしゅうございます」

カイナルーンは、おほほと笑う。

その言葉に、その表情に、リオンは今しがたのラキスディートとの会話を思い返した。

そうして、再び顔を熱くして、前髪で表情が隠れるようにうつむく。

リオンは、自分が人目のあるところでどれだけ恥ずかしいことをしたのか理解し、頬を押さえた。

頭がぐるぐるして、更に混乱する。どうしたらいいのかわからない。

「リオン？」

ラキスディートがリオンの名を呼ぶ。

召使たちに向ける顔がないほど、どうしようもなく恥ずかしいのに。

こんなときでも、やっぱりときめいてしまって。

「ら、ラキスさま……」

ラキスディートがかっこいい。

ラキスディートが好き。

どうして、こんなに好きだと思うのだろう。

想《おも》いを通じ合わせてからずっと、リオンの気持ちには歯止めが利《き》かない。

そんなリオンに、ラキスディートはやさしく言う。

「リオン、周りのことは気にしなくていいよ。……とにかく、君になにもなくてよかった」

リオンははっとした。

そうだ、ラキスディートは自分を心配して、忙しい中来てくれたのだ。

とにかく事情を話さなければと思って、何度か口を開閉する。

「ええっと……」

「うん」

どう説明しようか逡巡《しゅんじゅん》するリオンを、ラキスディートは待ってくれている。

リオンは、ようやく小さな声を絞《しぼ》り出《だ》した。

「尻尾《しっぽ》……」

「うん？」

ラキスディートは首を傾げる。

リオンは助けを求めるため、カイナルーンに視線を投げた。

だが、カイナルーンから返ってきたのは、「頑張ってください！」という口パクだけ。

彼女が尻尾《しっぽ》をびたんびたんと床に打ちつけ、はしゃいでいるのが見える。

どうやら、リオンの代わりこの状況を説明してくれるつもりはないらしい。

リオンは照れくささで涙目になりながら、たどたどしく言葉を紡いでいく。

「えぇっと。その、ですね。尻尾《しっぽ》、なんです」

「尻尾《しっぽ》？」

ラキスディートが問い返し、リオンはうなずく。

「カイナルーンの尻尾《しっぽ》がですね、とっても綺麗で。だから、触らせてもらおうとして、驚かせてしまって……」

リオンが言うと、ラキスディートは不思議そうに目をしばたたいた。

「私の尻尾《しっぽ》を触るといい」

そして、きらきらとした目で言う。

次の瞬間、法衣《ほうえ》のような白い服の裾《すそ》から長い尻尾《しっぽ》がびたん！　と現れた。

ラキスディートの白金《はくきん》の尻尾《しっぽ》は、カイナルーンのものに比べて鱗《うろこ》が細かくついていて、とても美しい。

リオンは、思わずほう、と見とれた。

しかしすぐに我に返って首をぶんぶんと横に振る。

「そうではなくて！　だから、その、わたくしにはなにも危ないことはなかったんです！」

「うんうん。それはもうわかったよ。勘違いしてごめんね、リオン」

そう言うと、ラキスディートはリオンの華奢《きゃしゃ》な体を横抱きにする。

そうして、蜜月の期間のように膝《ひざ》の上にリオンをのせて、椅子に腰かけた。

リオンの体に巻きつけるようにして、尻尾《しっぽ》が差し出される。

——見つめられるだけでも恥ずかしいのに、自《みずか》ら触るなんてこと、できるわけがない。

もうリオンは限界だった。

これ以上続けると、頭が沸騰《ふっとう》して死んでしまう。

「ラキスさま、お仕事が、お仕事があるのでしょうっ？」

「大丈夫、大丈夫。今はイクスフリードが決裁しているから、私は休憩中で——」

ラキスディートは笑ってリオンをぎゅうと抱き締める。

……が、その動作は途中で停止した。

その原因はすぐに知れた。

冷たい視線を感じて、リオンはそちらに顔を向ける。

リオンが見たのは、扉の外ではしゃぐ召使たちの向こうで、まるで吹雪《ふぶき》のような冷気を漂《ただよ》わせた、イクスフリードの姿だった。

彼は顔の上半分を布で隠してもなお、あふれんばかりの怒気を放っている。

「陛下。仕事は、まだ、終わっていません」

「イクス」

ラキスディートは、面倒くさげに彼の名前を呼ぶ。

「番《つがい》さまの危機ならばと退出を許可しました。しかしながら、そうでないとわかった今、溜まりに溜まった書類に魔力印《まりょくいん》を押してもらう仕事が、あなたを、待って、います」

イクスフリードは言い終えると、口元だけで壮絶な笑みを浮かべた。

自分に向けられているわけではないリオンでさえ恐ろしく思うのだから、ラキスディートに至ってはそれどころではないだろう。

リオンはそう思ってラキスディートを見上げる。

しかし、リオンの想像に反し、ラキスディートはケロリとした顔でイクスフリードを見ていた。

それどころか、どこか懐かしそうに笑みを浮かべてすらいて、リオンは驚く。

「……相変わらずだな。ああ、わかった。仕事に戻る。リオン、それでは、またあとで」

「は、はい！」

思わず返事をしてしまったが、忙しいラキスディートのことを考えるなら、あとで、という部分は否定しておくべきだった気がする。

リオンは、ラキスディートとイクスフリードが部屋を出ていくのをぼんやりと見送った。

なんだか、どっと疲れた気がする。主《おも》に心臓が。

ふたりの姿が完全に見えなくなってから、リオンはぼそりと尋ねた。

「尻尾《しっぽ》って、どこにしまっているの？」

「普段は、皮膚《ひふ》の下ですね」

カイナルーンがリオンの疑問に答える。彼女はなんだかとても楽しそうだ。

それにしても、ラキスディートの尻尾《しっぽ》はとても綺麗だった。

やっぱり触《さわ》ればよかったかと少し後悔した、そのとき。

ふいに、リオンの胸に、とげで突かれたような痛みが走る。

——昔、あの尻尾《しっぽ》を見たことがある？

思い出の中で、白金《はくきん》の髪が揺れた。

——その色の髪は、シャルルのもののはずなのに。

一瞬よぎった疑問は、忘れなければならないような気がした。

だからリオンは、見ないふりをする。

そうして、リオンはじしんの胸に手をやり、何事もなかったかのようにカイナルーンに笑い返すのだった。

◆　◆　◆

リオンの部屋を出たのち、執務室《しつむ》への回廊を歩きながら、ラキスディートは言う。

「仕事のことを言われたのは、久しぶりだな」

「まあ、たしかに。ラキスがこの国に帰ってきたのが久しぶりだからな」

イクスフリードは、実に軽い口調で返事をした。

日が差し込んで、窓がきらきらと輝く。

リオンを抱き締めて堪能《たんのう》したため、今のラキスディートは上機嫌《じょうきげん》だった。

リオンを連れて帰国したとき。

竜王国を離れていたのは、竜にとってはごくごく短い間だったはずが、ずいぶん久しぶりに感じたのを思い出した。

それから毎日リオンに会えることが、幸せでならない。

ラキスディートが口元を緩めると、イクスフリードは怪訝《けげん》そうな顔をした。

「どうした、急に」

イクスフリードは砕《くだ》けた口調でラキスディートに尋ねる。そして、ラキスディートもそれを咎《とが》めない。

それは、ふたりが幼馴染だからだ。親友というより、悪友のような関係である。

実はふたりとも竜王の候補であったが、魔力量の差でラキスディートが王になった。

そういう事情もあり、イクスフリードとの関係は切っても切れぬ腐《くさ》れ縁《えん》だと、ラキスディートは思っている。

だから、ラキスディートも気軽に笑って返した。

「いや。リオンはどうして、あんなにも愛らしいのかと思ってな」

「……変わったな。お前」

突然、イクスフリードが真顔になる。

おかしなことなど言ったつもりはないが、とラキスディートは思考を巡らせ、イクスフリードの表情の理由に思い当たった。

「リオンには昔からああいう話し方だ」

「ちげえよ！」

イクスフリードが力強く切って捨てる。彼の目を隠す布が、わずかに揺れた。

イクスフリードは毎日違う布をつけているのだが、今日は黒だ。

固定しているわけでもないのにまったく瞳が見えないことに、リオンの前髪との違いを感じる。

そんなことを考えていたラキスディートに、イクスフリードはハァ、とため息をついた。

「お前さ、昔は、なんていうか……ずっと楽しそうじゃなかったから。同い年のやつらとつるんでても、冷めてたっていうか」

「それは……」

そういえば、昔イクスフリードやエリーゼベアトにそんなことを言われた記憶がある。

事実、リオンに出会う前のラキスディートに、情熱を傾けられるものは一切存在しなかった。

イクスフリードの番《つがい》ののろけ話を聞き流していたほどだ。

今になって、少々悪かったと思う。

「うん、やっぱさ、今のほうがいいよ。人生楽しそうで」

イクスフリードはあっけらかんと言った。

「人生」

「ああ、人生」

ラキスディートがおうむ返しした単語を、イクスフリードはもう一度繰り返す。

人生、人生、と繰り返して、ラキスディートはたしかにと納得した。

「楽しいと思えるようになったのは、リオンのおかげだ」

ラキスディートがそう言うと、イクスフリードはにやりと笑みを浮かべる。

「ほおーん。お前の番《つがい》も、それを聞いたら喜ぶんじゃないか？」

「無理だな、リオンは昔のことを覚えていない」

ラキスディートは、口角が力なく下がってきたのを自覚した。

それでも、今が満たされていることに変わりはない。

「リオンと呼べば、笑ってくれる」

それがどれだけ、ラキスディートの救いになっているか。

リオン、リオン。大切なリオン。

愛《いと》しさを胸に抱《かか》えながら、ラキスディートはイクスフリードに話し続ける。

「今もたまに夢に見るよ。リオンの表情が、どんどんなくなっていくのを。私がなにもできないでいるうちに、リオンは泣くこともできなくなって……」

無二《むに》の愛《いと》しい存在が、静かに死に向かっていくのを見つめるだけの日々を思い出して、ラキスディートは拳《こぶし》を強く握った。

「リオンがあのとき、助けを求めてくれなかったらと思うとぞっとする。いつも思う。今が夢で、現実のリオンは、まだあの国で苦しんでいるんじゃないかと……幸せすぎて、恐ろしくなる」

ラキスディートは、淡々とした声で静かに言う。

リオンに決して見せられぬ己《おのれ》の弱さを恥じた。

その瞬間、ラキスディートの背中を、強い衝撃が襲う。ラキスディートの息が止まった。

「ばぁか」

その手刀を繰り出したのは、当然隣にいるイクスフリードだ。

げほ、と咳《せ》き込《こ》むラキスディートに、イクスフリードは呆《あき》れたような顔を向けている。

深紅《しんく》の髪が日の光を反射して、まさしく燃えているようだった。

「痛いだろ？　なら、今は現実なんだよ」

イクスフリードは、それまでのちゃらけた態度が嘘のように、真剣な声で続ける。

「お前の番《つがい》が生きて、お前と相思相愛《そうしそうあい》で、いちゃついてる今が現実でなかったら、俺たちが砂糖吐きそうなくらい甘すぎる様子を見せつけられて、胃もたれしてる理由はなんだよ」

イクスフリードの言葉は、至極《しごく》まっとうだった。

ラキスディートは、深く息を吐く。

「……そうか、そうだな」

「お前が番《つがい》をかわいがれるのは、心に余裕があるからだよ。だから、夢じゃない」

真面目なイクスフリードを見るのは、久しぶりだった。

ラキスディートがもう一度うなずくと、イクスフリードは急に声を明るくして、そうそう、と思い出したように言った。

ラキスディートに気を遣ったのだろう。それくらいはわかった。

「それにしても、番《つがい》はいいだろ？　俺も奥さんと連れ添って、もう何百年も経つけど、いつまでもかわいくてかわいくてたまらん」

頬をだらしなく緩めるイクスフリードを、ラキスディートはじっと眺めた。

「そういうものか。……いや、たしかに、リオンはきっと千年を生きても愛らしいだろうな」

「そうそう」

イクスフリードが力強くうなずく。

「番《つがい》はかわいい。めちゃくちゃ愛《いと》しい」

「ああ。たしかに」

ラキスディートも深く同意した。

リオンが愛《いと》しい。

ただただ愛《いと》おしい存在がこの世にあるのだと、リオンに出会って初めて知った。

「番《つがい》だとわかっても、魂《たましい》だけじゃ相手に執着心は湧《わ》かんからな。実際にこの目で見て、好きになって。自分だけの雌《めす》なんだって思って初めて、ずぶずぶにはまっちまう」

魂《たましい》だけで、番《つがい》というだけで好きになるわけではないと、イクスフリードは力説する。

そういえば、イクスフリードは昔からこうだった。

当時のラキスディートは、番《つがい》に夢を見すぎだ、と思ったものだが。

「……そうだな。リオンに出会ってから、そういう気持ちがわかった。番《つがい》というのは、一生の恋人で、伴侶《はんりょ》で、宝だ。昔の私なら、この想《おも》いの欠片《かけら》もわからなかっただろう」

今はわかる。リオンは、ラキスディートの唯一だ。

己《おのれ》の片割れ、なくしてはいけないもの。

そういう、自分の一部だ。

竜は、世界で最も強い生き物である。

だが強すぎるからこそ、最初からなにかが欠けているのかもしれない。

それを埋《う》めてくれるのが、番《つがい》なのではないか。

ラキスディートは自分のロマンティックすぎる思考に思わず噴《ふ》き出《だ》した。

「……やっぱ、変わったよ、お前」

イクスフリードが、しみじみとつぶやく。

その言葉は、どこか安心したような声で紡がれていた。

◆ ◆ ◆

ラキスディートと並んで執務室《しつむ》に入ったあと、黙々と彼が書類に印《いん》を押していくのを見ながらイクスフリードは微笑んだ。

ラキスディートは、リオンと出会ってから本当に変わった。それを、友人としてとてもうれしく思っている。

イクスフリードの顔の半分を覆《おお》う黒い布が、開け放した窓から吹く風で揺れた。

その隠された目には、特殊《とくしゅ》な力が備わっている。

竜の中には、その膨大な魔力がほぼすべて目に宿る、特異な体質を持つものが稀《まれ》にいる。

イクスフリードはまさにその存在であり、そういったものの目を、魔眼《まがん》と呼ぶ。

イクスフリードの魔眼は情報を読み取ることに特化しており、どんなものでも見ることができる。

だが、遠くのものを見ることは難しく、そうたくさんの情報を得られないことも多い。

ただ、近くのもの、特に触《ふ》れたものや相手の場合は、そのなにもかもを理解できる。

それは魔眼の中でも更に珍《めずら》しい能力で、イクスフリードの魔眼は無類の強さと認められているのだ。

彼はその能力でありとあらゆる文献を見て、膨大な知識を得た。

そのため自然と、『おまじない』の識者になったのである。

イクスフリードは最近の懸念《けねん》を思い出し、恐る恐る口を開いた。

「……ラキス」

「なんだ」

「俺が番《つがい》さまと話したら怒る？」

ラキスディートは、至極《しごく》当たり前というように答える。

「私がお前の番《つがい》と話して、怒らないかどうか考えろ」

「だよなあ」

イクスフリードは、おまじないをリオンにどう教えるか悩んでいた。

竜は嫉妬《しっと》深《ぶか》い種族なので、じしんの番《つがい》が他の異性になるべく触《ふ》れないよう、大事に囲うもの。

ラキスディートのリオンへの執着ぶりを見れば、イクスフリードの接触をよく思うわけがないことは明らかだ。

魔法を使って遠くから教える？　いや、まず間違いなくラキスディートにばれる。

手紙は、証拠《しょうこ》が残る。会う……のは論外だ。

そこまで考えて、イクスフリードは大きく息を吐いた。

この城の主《あるじ》であるラキスディートの目を盗むのは、なかなか難しい。

だが、ラキスディートの番《つがい》が、初めて彼のためにやろうとしていることだ。

できれば叶えてやりたいと思って、イクスフリートはうーんとうなった。

だって、彼女はまだたった十八の子どもだ。

イクスフリードの孫よりずっと幼い。竜でいえば赤ん坊。

もちろん、人間は竜よりずっと早く成長するから、正確な年齢の見方ではないだろうが。

それでも、イクスフリードは子を持つ親として、また幼馴染の親友として、あのいたいけな、辛《つら》い境遇にいた小さな子どもを甘やかしてやりたいと思うのだ。

イクスフリードは苦笑しながら、新たな書類をラキスディートに差し出す。

「ラキス、これ魔力印《まりょくいん》。そっちサインな」

「わかった。……そろそろハシノ村の塔《とう》が老朽化《ろうきゅうか》している頃だな。予算を組ませろ」

「下界の見張り塔《とう》？　了解」

見張り、見張り……？

そうだ、とイクスフリードはひらめいた。

ラキスディートが見張っていないタイミング――つまり、彼が寝ている間に、リオンと接触を図《はか》ればいいのだ。

そして、おまじないの呪文を教え、工程について説明し、呪文部分のデザインが崩《くず》れないようにするための相談にのって、速《すみ》やかに帰る。

完璧《かんぺき》な作戦に、イクスフリードは表情を明るくした。

そうと決まれば、リオンに連絡を取る手はずを整えよう。

リオン付きの召使のひとりに、自分の娘がいる。彼女に言えば、ラキスディートにはばれないだろう。

下から二番目の娘、カイナルーン。

最近少々反抗期であるが、かわいい娘である。

彼女からエリーゼベアトや他の召使、リオンに連絡してもらえばいい。

――ああ、楽しくなってきた！

思わず鼻歌を歌い出すと、真顔のラキスディートがイクスフリードの頭に手刀を落とす。

「真面目に仕事しろ」

「あ、はいはい」

咄嗟《とっさ》に、イクスフリードは彼の手刀から、彼の頭の中身を読み取った。

――よかった、なんにもばれてない。

とりあえず安堵《あんど》してから、イクスフリードはふと思った。

ラキスディートの番《つがい》といえば、あの国――アルトゥール王国はどうなったのだろう。

イクスフリードはその目で見てみて、思わずため息をつく。

その瞳には、アルトゥールの国王がやせ細り、鬱々《うつうつ》と嘆《なげ》いている様子が映っていた。

「……あの国は、もうだめだろうなァ」

「なにか見えたのか」

ラキスディートは険《けわ》しい顔で問いかける。

イクスフリードはそれにうなずきながら、布の下で眉根《まゆね》を寄せた。

「ああ。国王が臥《ふ》せってる。……なんで王子がいないんだ？」

「捜せないのか」

「それやると、めちゃくちゃ疲れるからさあ……今日は勘弁」

ラキスディートの言葉に、イクスフリードは肩を竦《すく》める。

まあ、彼女がこの国にいる限り関係のない話だろうから、と言って、イクスフリードは仕事へと頭を切り替えたのだった。

第六章

嘲笑が追いかけてくる。

──お義姉《ねえ》さま。

金の髪に青い目をした、義理の妹の声が、耳にこびりついて離れようとしない。

あれはいつの話だったか。

ああ、そうだ。あれは、リオンがロッテンメイヤー伯爵領の孤児院を訪問したときのことだった。

まだ両親が生きていた頃から、リオンは孤児院と馴染みがあった。

やさしいリオンの実の母が、教会への寄付や孤児院への慰問《いもん》を大切にしていたからだ。

そのため、両親が亡くなってからも、リオンは頻繁《ひんぱん》に孤児院を訪れていたのだ。

リオンは、孤児院の子どもたちが好きだった。懐いてくれる彼らは慕《した》わしい。

それに、孤児院を経営している教会のシスターたちもやさしくしてくれるので、リオンはそこで一時《いっとき》の安寧《あんねい》を得ていた。

リオンは子どもたちへの手土産《てみやげ》にしようと、ハンカチに刺繍《ししゅう》を施《ほどこ》した。

けれどその日、リオンはその手製のハンカチを持っていくことはできなかった。

義母に渡した刺繍《ししゅう》が雑だと怒られ、子どもたちに配る分を取り上げてしまったのだ。

手を抜いたつもりはなかったけれど、義母の目には雑に見えたらしい。

仕方がないので、リオンはなにも持たずに孤児院に向かう。

馬車を使うことは許されなかったから、リオンは一応伯爵家の令嬢だというのに、擦《す》り切《き》れたブーツを、少し積もった雪に埋《う》もれさせながら歩いていた。

赤くなった手にはあと息を吐いて、リオンは孤児院の門をくぐる。

その先にいるはずの子どもたちに、明るく声をかけようとして——途中で喉《のど》の奥に引っ込んでしまった。

金の髪、青い目の、美しく着飾った令嬢が、リオンの知らぬ子どもたちに囲まれているのを見てしまったから。

——ねえねえ、次はなにして遊ぶ?

子どもが無邪気に問うと、その令嬢は顔をしかめた。

——やあねえ、あたしに汚れろっていうの? それよりお菓子を食べたいわ。もちろん、きちんと菓子店で買ったものよ。

——ヒルデガルドさま、そんなのここにあるわけないよ!

冗談を言い合って笑う子どもたちと、義妹。

そこにリオンの居場所はなかった。

あたりを見回すが、いつもの子どもたちはどこにもいない。

——みんなはどこに行ったのかしら。

彷徨《さまよ》うように、院長である老爺の部屋へ向かう。

彼はやさしいから、きっと教えてくれるはずだ。

老爺の部屋の扉の前へ立ち、ノックした。

しかし、そこから出てきたのはリオンの知るひとではなく、若い、目の落ちくぼんだ男だった。

――なんだい、あんた。……ああ、自分を売りに来たのか？

その男は、リオンを上から下までじろじろと眺め回し、舌なめずりをした。

リオンが突然のことにうろたえていると、男に腕を掴まれる。

それからにたにたと笑って、リオンの髪をわしづかみにした。

――いや、やめて、わたくしは……！

――おう、おう、お育ちのいい言葉遣いだ。これならさぞかし高く売れるだろうさ。この間までいたガキどもも全員いい金になったし、まったくいい商売だぜ。

そこでリオンは、慈《いつく》しんだ子どもたちが、この男によって売られたのだと知った。

そして、リオンも商品とみなされているのだと。

きっと、今いる子どもたちも、この男に売られてしまう。彼らを助けなければ。

リオンは荒い息を整え、男の手を払いのけた。

咄嗟《とっさ》のことで驚いたのか、男は壁にぶつかる。

そして、その衝撃で男の頭に額縁《がくぶち》が降ってきた。

男の声が建物中に響く。

じしんの体を掻《か》き抱《いだ》き震えていたリオンの周りに、ひとが集まってきた。

――不審者が、院長に乱暴を！

だれかがそう叫んだ。不審者と呼ばれたのが自分だと、リオンはすぐにわかった。

リオンが身につけている、くたびれて色褪《いろあ》せたワンピースは、とても伯爵家の縁者には見えない。

それでも、言わねばならないことがある。リオンは絞《しぼ》り出《だ》すように叫んだ。

――このひとは、院長なんかじゃありません！　孤児院の子どもたちを売っています！　お願い、子どもたちを助けて……！

一瞬、静寂《せいじゃく》が広がる。罪を暴《あば》かれた男が喉《のど》を鳴らした。

ああ、これで子どもたちを助けられる――そう思ったリオンの頬を打ったのは、白い少女の手だった。

金の髪と青い目を持つ少女が、リオンを見て悲しげに顔を歪《ゆが》めている。

――お義姉《ねえ》さま。いくらひとの気を引きたいからって、ついていい嘘といけない嘘があるのよ。

ヒルデガルドがそう言うと、緊迫した空気が和《やわ》らぐ。なんだ、冗談か、と。

同時に、みんなの氷のような眼差《まなざ》しが突き刺さり、リオンは息を呑んだ。

それでもなおリオンは言《い》い募《つの》ろうとするが、ヒルデガルドはくふくふと笑う。

――そもそも、院長先生が人買いだって証拠《しょうこ》はあるの？　お義姉《ねえ》さま。

たしかに、証拠《しょうこ》はない。けれど、リオンがこの男に連れていかれそうになったのは、本当なのに。

――お義姉《ねえ》さまは自分が一番じゃないと気が済まないのねえ。そんなにひとの注目を集めたいの？

ヒルデガルドが目を細める。

美しいドレスを着たヒルデガルドは、まさに領主の娘、伯爵令嬢だ。

この場の支配者は、間違いなくヒルデガルドだった。

――お義姉《ねえ》さま。あなたの言葉なんて、だあれも信じないのよ。

だれも助けられない。リオンには、だれも。

リオンの言葉を信じてくれるひとはいないのだから。

リオンは無力な少女でしかなく、しかもこの場では、無実の人間を罪に問おうとする悪人ですらあった。

冷たい視線がリオンに降《ふ》り注《そそ》ぐ。

そうだ。このあと、リオンは伯爵家でひどい折檻《せっかん》を受けることになるのだ。

でも、そんな痛みより、いなくなった子どもたちが心配で。

彼らのことを思って、リオンは泣いたのだった。

そんなリオンを、ヒルデガルドはやはり冷たく眺めていた。

重苦しい記憶はいつだって、慈《いつく》しみたかった義理の妹の声を連れてくる。

そして同時に、薄い金髪に青い目の初恋の王子もよみがえり、リオンの心を掻き乱した。

記憶がまるで泥《どろ》のように絡みついて、リオンの手を後ろに引いていこうとする。

もう、あんな辛《つら》い過去に戻りたくない。

助けて、と言いたかったはずなのに、その気持ちはあぶくのように消え失せていった。

——助けて、と言って。

だれかの言葉が、脳裏《のうり》を繰り返しぐるぐる回る。

——何度もわたくしを助けようとする、あなたはだあれ。

大好きなひと。いつだってリオンの側《そば》にいてくれる、大切な、心の底から愛《いと》おしいひと。

……そうだったはずなのに。そのだれかの名前が、どうしても出てこない。

リオンは虚空《こくう》に手を伸ばす。

その先に見えたひとは、ラキスディートの顔をしていた。


「う……」

リオンは、じしんの口から漏れ出る呻《うめ》き声《ごえ》で目が覚めた。

昔の、ひどい夢だった。

寝入ってからそう時間は経っていないようで、未だに世界は深い夜の闇に抱かれている。

リオンは、もう眠りに落ちたくないという恐怖心ゆえのため息を漏らした。

手が凍《こご》えるように冷たい。寒くてたまらない。

「……リオン？」

やさしい声がして、リオンはそのほうに顔を向けた。

月の光に透《す》けた白金《はくきん》の髪が、さらりとリオンの頬をくすぐる。

リオンは喉《のど》を震わせた。

「ラキス、さま」

口から出たのは、思ったよりずっと細い声。

けれど、ラキスディートはリオンの言葉を間違いなく聞き取ってくれたようだ。

「どうしたの、リオン」

彼はほのかに微笑んで、リオンを案じた。

「あ……」

どう言えばいいのだろうと、リオンは逡巡《しゅんじゅん》した。

なんだか胸の内に靄《もや》がかかっているようで、落ちつかない。

だが、昔に引きずられている、というのは適切でないように思えた。

リオンは、過去をすべてあの国に置き去りにして、この竜王国に来た。

あれから、もう半年が経つ。

リオンはここが自分のついの住処《すみか》であると理解しているし、そうであるように願ってもいる。

ただ、忘れ物をしたような感覚が、ずっと消えてはくれないのだ。

孤児院の子どもたちを、救えなかったことのように。

それはもしかすると、夢の中でリオンを助けようとした、だれかなのかもしれない。

最後に見たラキスディートの顔をした人影を思い出して、リオンは手をぎゅっと握った。

――わたくしは、昔、あなたと会ったことがあるの？

ラキスディートはそうだと言っていたが、まったく記憶がない。

けれど、たしかに出会った瞬間から、ラキスディートに慕《した》わしさを感じすぎていた。

ラキスディートの腕の中にいるだけで幸福があふれてくるほど、彼が愛《いと》しかった。

彼はいつ、どこで、リオンに会ったというのだろう。

なにか大切なことを忘れているような、そんな気がする。

リオンはゆっくりと、口を開いた。

「悪い夢を……見てしまって」

けれど、聞きたいことはうまく出てこなかった。

代わりに口からこぼれたのは、意気地《いくじ》のない言い訳で。

うつむくリオンの手を、ラキスディートがそっと包み込む。

「ラキス、さま？」

見上げた黄金の目は、リオンに対する無償《むしょう》の愛情に満ちていた。

氷のような手が、ラキスディートの手でぬくもりを取り戻していく。

リオンはやっと、詰めていた息を吐き出した。

「悪夢、か……」

ラキスディートはそうつぶやき、顔を歪《ゆが》めた。

まるで、リオンの苦しみを肩代わりしたかのようだった。

ラキスディートがリオンの頬を撫でる。そこがほんわりあたたかくなって、リオンは目を細めた。

「リオン、大丈夫。もう悪い夢は見ないよ」

柔らかな声がリオンの耳朶《じだ》を打つと同時に、ラキスディートの指先に小さな光がともる。

途端、やさしい眠気がやってきて、リオンは小さく微笑んだ。

そうだ、今の自分には、ラキスディートがいる。

白金《はくきん》のカーテンがリオンを囲んで、今度こそリオンは安らぎの眠りに身をゆだねた。

「リオン。夢の中の私も、君を救えなかったんだね……」

苦しみに満ちた声が吐き出される。

リオンはそれをとても遠くで聞きながら、ゆっくりと瞼《まぶた》を下ろした。


ラキスディートはリオンを心配して、目が覚めるまでついていてくれた。

先ほど急な案件でイクスフリードに呼ばれて出ていったので、今は代わりにエリーゼベアトが部屋に来てくれている。

リオンは、昨夜の夢のことをエリーゼベアトに話した。

あれから、孤児院の子どもたちはどうしているのか、ひどく気になる。

それに、アルトゥール王国に、なにかを置き去りにしてしまった不安がある。

それは、決してよいものではない気がする。

このままにしておくと、いつまでもしこりのように胸に残り続けるだろうことはわかっている。

リオンがそう言うと、エリーゼベアトはなんでもないように提案した。

「では、私がお姉さまをアルトゥール王国へ連れていくというのはいかがでしょう？」

「エリィ？」

湯気の立つ花茶を口に含み、華やかな香りにほうと息をついたリオンは、目を見開いた。

「けれど、エリィ。わたくし、あの国に行くのは……」

「わかりますわ。私だって、お姉さまが受けた仕打ちを考えるたび、あの人間の国を滅《ほろ》ぼしてしまいたくなります。私でさえそうなのですから、お姉さまがどれだけあの国に苦しみを置いてきたか存じているつもりです」

エリーゼベアトがリオンの手をそうっと握る。

ラキスディートと同じ体温、同じ色の眼差《まなざ》しが、リオンに降《ふ》り注《そそ》ぐ。

ほっとあたたかい気持ちになって、リオンは小さく息をした。

その様子を見て、エリーゼベアトはゆっくり続ける。

「けれど、お姉さま。お姉さまの心の問題は、私があの国に行って、売られた子どもたちを救ったとしても、きっと解決しないのですわ」

リオンははっと息をのんだ。エリーゼベアトの言う通りだ。

「……そう、なんだわ、きっと」

リオンは、無力な自分を恨《うら》めしく思っている。そして、あの子どもたちを自分に重ねているのだろう。

救えるなんて思っていない。もうこの世にいない可能性のほうがずっと高い。

けれど、せめてあの子たちが眠れるように、祈りをささげたい。

リオンは、ラキスディートやエリーゼベアト、竜王国のひとびとに救われたから。

そして、あの国にいた頃のリオンの心は、あの子たちに救われてもいたから。

自分が彼らにできることをしたい。そうしたら、前を向けると思うから。

多分、リオンの腕を後ろに引き続ける、ヒルデガルドの甘く冷たい声だって、振り切ることができる。

――そうすればきっと、記憶の奥の『あなた』を終わりにできる。

この恋を、ラキスディートだけにささげることができる。

「わたくし、あの子どもたちを助けたい。きっともう間に合わないけれど……今、もしわたくしができることがあるのなら……連れていってくれる？　エリィ」

リオンはエリーゼベアトを振《ふ》り仰《あお》いだ。

赤毛のカーテンの向こうで、柔らかな黄金色《こがねいろ》と視線が合う。

「ええ、お姉さま。お姉さまの願いを叶えないなんて、そんなことありえませんもの」

ここ最近、エリーゼベアトはいっそうリオンに好意を募《つの》らせているようだ。姉に心酔する妹のように。

その危《あや》うさに気づいていながら、リオンはエリーゼベアトの手を取った。

ラキスディートに知らせては、リオンのしようとしていることは止められてしまうだろう。

それにこれは、リオンじしんでけじめをつけなければならないのだ。

だって、リオンの心がラキスディート以外の――記憶の『あなた』に向かっていると、知られたくないのだから。

だから、リオンはあの国について、そうやって考えすぎていた。

リオンの悪夢の原因が、エリーゼベアトまでもむしばんでいることに気づけるはずもなかった。

なにも知らずに、リオンは微笑むエリーゼベアトの腕に抱かれて、空へと飛び立ったのだった。


はるか天空に存在する竜王国とは違い、下界にある人間の国、アルトゥール王国はどんよりと曇《くも》っていた。

そもそも、竜王国は雲よりも高い位置にある。

恵みの雨を魔法で生み出して降らせることはあれど、自然においてはずっと晴れているので、リオンは久しぶりに薄暗い空というものを見た。

「お姉さま、ここがお姉さまの住んでいた場所ですの？」

「……ええ、そうよ」

エリーゼベアトが心配そうに自分を見る。

リオンは眼前の、かつて自分の住んでいた場所――ロッテンメイヤー伯爵邸を見つめた。

古くて絢爛豪華《けんらんごうか》とは言えないが、血の繋《つな》がった両親が愛していた屋敷だ。

その家を引き継いだ義父母が、父の遺産を使ってどれだけ改装しても、昔のやさしく、あたたかい面影《おもかげ》は残ったままだった。

けれど庭のあちこちに存在する、ごてごてと飾り立てた獅子《しし》の像や宝石を張りつけた噴水を見ると、両親との思い出をつぶされたようで、いつだって悲しい気持ちになる。

思わず、逃げ出しそうになった。

けれどリオンは、ぐっと奥歯を噛んで手の震えをやり過ごす。

そしてリオンは隣に立つエリーゼベアトを見上げた。

ラキスディートと同じ、金の瞳。

リオンを見つめて柔らかく細まった目に、静かに息をつく。

ラキスディートが、竜王国のやさしいひとたちが、リオンの心をよみがえらせてくれたのだ。

だから、リオンはじしんの手で、足で、過去を振り切らねばならない。

「エリィ、わたくし……頑張るわ」

「大丈夫です、お姉さま。なにかあれば、私がすぐにお助けしますから!」

心強いエリーゼベアトの言葉を聞いて、リオンは口元を緩めた。

「エリィ、遠くまでありがとう。疲れていない?」

「いいえ、いいえ。お姉さま、私だって竜王の妹ですもの。この程度の飛行なら疲れなど感じませんわ」

リオンはエリーゼベアトの背に広がった真っ白の翼《つばさ》を、労《いた》わるようにそうっと撫でる。

エリーゼベアトは、くすぐったそうに翼《つばさ》を震わせた。

ラキスディートの翼《つばさ》より少し柔らかなそれは、近くで見ると透《す》けている。

リオンは竜の美しさをまた知ることができたとうれしく思う。

リオンは小さく微笑んで屋敷に背を向け、枯《か》れた芝生《しばふ》を踏みしめた。

——枯《か》れた？

はっとして、足元に視線を落とす。

リオンたちが下り立ったのは、ロッテンメイヤー伯爵家を囲う生垣《いけがき》の外、裏口から三十歩ほど離れた場所だ。

だというのに、ここまで芝生《しばふ》が続いている。

石畳《いしだたみ》が割れ、茶色く枯《か》れきった芝生《しばふ》が伸びているのを見れば、手入れがなされていないことは一《いち》目瞭然《もくりょうぜん》だった。

「どうして……？　ヒルダがシャルルさまと結婚するなら、もっとお金をかけていてもいいはずだわ……」

リオンはゆっくりと、そうっと、屋敷に近づいた。

やはり、伸び放題の生垣《いけがき》からは、ところどころ枯《か》れ枝《えだ》が突き出ている。

リオンが屋敷を見たいのだと察したのか、エリーゼベアトが両手を広げた。

「お姉さま、私にお乗りくださいい」

リオンはエリーゼベアトに抱かれ、屋敷を見下ろす高さまで飛ぶ。

「エリィ、ごめんなさい」

「お気になさらないでくださいな。それより……人間の住む屋敷が竜のそれとは違うことは知っておりますが、これはまるで、廃墟《はいきょ》のような……」

エリーゼベアトは首を横に振ったあと、考え込むように言う。

一瞬、その言葉を信じられなかった。

けれどリオンが見たのは、薄汚いひび割れた壁に、ありとあらゆる飾りが剥《は》ぎ取られた庭の置物。

荒れきってぼろぼろになった、かつての我が家であった。

「どう……して……」

リオンがつぶやく。

見るも無残《むざん》なロッテンメイヤー伯爵邸は、エリーゼベアトの言葉の通り廃墟《はいきょ》のような具合で、ひとが住めるとは到底思えない。

リオンは震えた。わけのわからない恐怖が襲ってくる。

「ラキス……さま……」

咄嗟《とっさ》に口にしたのは、ラキスディートの名前だった。

エリーゼベアトは、リオンを先ほどと同じ場所にゆっくりと下ろしてくれた。

足元がふらつく。走るとはいえない速度で、よたよたと屋敷の正面へ回った。門は壊れて開け放たれている。

エリーゼベアトに呼ばれている気がしたけれど、リオンは反応することができなかった。

「なにがあったの……ここに……ここで……」

リオンが呆然と立ち尽《つ》くした、そのとき。

「――どうして、ここにいるんだ？」

不思議そうに尋ねる声が、リオンの鼓膜を震わせた。

エリーゼベアトが、リオンを背にかばう。

彼女の鬼気迫る様子に、声の主は驚いたように聞いた。

「リオンさま、そ、そのひとは？」

その問いに、リオンは答えられなかった。

それは、リオンがエリーゼベアトとの関係を告げるのに躊躇《ちゅうちょ》したからではない。

今目の前にいる煤《すす》けた服を着た、リオンより五つほど下に見える少年の姿に、涙が出るくらい驚いたからだ。

「リオンさま？」

「お姉さま、このものはだれですの？」

不思議そうに名前を呼ぶ少年と、緊張した様子のエリーゼベアトに声をかけられ、リオンはやっと我に返った。

エリーゼベアトを手で制し「この子は大丈夫よ」と告げる。

リオンの、チェリーブロンドの前髪がわずかに揺れた。目に涙が滲《にじ》んでいく。

「大きく、なったわねえ……カル……」

喉《のど》から絞《しぼ》り出《だ》した小さな声を、しかと聞き取ったのだろう。

リオンがカルと呼んだ少年は、ぱあっと笑顔になった。

「おう！　リオンさま、久しぶり！」

「エリィ、この子はね、あのね……」

リオンの声に嗚咽《おえつ》が交《ま》じる。

エリーゼベアトが声を上げた。

「お姉さま、もしかして……」

「この子は、あの、孤児院の子なの……」

リオンが大きくうなずいているのを見て、エリーゼベアトが目を丸くする。

「お姉さま……それって、つまり……」

「生きていて……くれたのね……」

生きていてくれたなんて、思わなかった。

でも、少し幼かった、かつてリオンが救えなかったカルの表情が、今ここにいるカルのものと同じで。

いくつもの雫《しずく》が頬を伝い、顎《あご》から滑《すべ》り落《お》ちる。

エリーゼベアトはリオンをそっと抱き締めた。

リオンより頭ひとつ大きなエリーゼベアトに抱き締められると、リオンはすっぽり埋《う》まってしまう。

そんなリオンたちを見て、カルは明るく笑った。

「もちろん！　俺たちがそんな簡単に死ぬわけないよ！　それで、そのひとは？」

気になって仕方ないという顔をして、カルがリオンに尋ねる。

エリーゼベアトはというと、感激したようにほろほろと涙を流している。

歓喜に満ちているようで、お姉さま……と繰り返していた。

リオンはうれしくてならない気持ちを落ち着けて、エリーゼベアトの頬を撫でた。

「この子は、わたくしの妹なの」

ラキスディートの、大好きなひとの妹。そして、リオンの義理の妹。

リオンよりずっと年上の、かわいい妹。エリーゼベアト。

出会ってからの期間は、ヒルデガルドよりずっと短いのに、彼女よりも近い、本当の家族のような存在。いいや、もう、家族だと思っている。

そう説明すると、カルはにかっと笑った。

「リオンさま、お嫁に行ったんだ！　幸せそうでよかった！」

「お、お嫁……そう、そうなんだわ……。わたくし、ラキスさまのお嫁さんになるのだわ……」

改めて人間の国の言葉で表されると、頬があっと熱くなってしまう。

うつむいてあー、うーと悶えるリオンに、カルはほっとしたような顔をした。

「まあ、とりあえずおいでよ。今は俺たち、この屋敷で暮らしてるんだ。みんなリオンさまに会えたら、喜ぶと思うからさ」

リオンは大きくうなずいて、先導するカルについていく。

ずに。

――生垣《いけがき》の向こうで「ヒルデガルドさまに知らせないと」と、小さくつぶやいた声には気づかずに。


「ああ、みんな、よく無事で……！」

リオンは屋敷に入ると、奥から駆けてきた子どもたちの姿を見て、また涙をこぼした。

人買いに売られたと言われた子どもたちが、皆そこにいた。

リオンは、十数人の子どもたち全員の名を覚えている。

「レーナ、ジャック、フィー……」

「リオンさまあ！」

リオンに抱きついて泣きじゃくるのは、孤児院の中でもとくに小さかった、甘えん坊のフィー。

「リオンさま……！」

ぽたぽたと涙をこぼし、静かに泣き笑いしているのは、本が好きだったジャック。

「リオンさま……よかった、本当に……！」

年長のレーナは、幸せそうに手を組んで笑っている。

彼女はカルのひとつ年下で、彼とともに子どもたちをまとめていた。

旧ロッテンメイヤー伯爵邸は外の様子に反して、内装は整えられている。

だが、以前あったごてごてとした絵画などはすべてなくなっており、代わりに古いが清潔そうなシーツが積まれていた。

「ごめん、リオンさま。家具とかは取られちゃったんだ。……そうしないと、この家をすぐに取り壊すって言われて。リオンさまの大事なものも、あったかもしれないのに……」

ジャックがずっとリオンのことを考えてくれていたことに、たまらない気持ちになる。

リオンは静かに流れる涙を、レーナに差し出されたハンカチで拭《ぬぐ》った。

「いいの、いいのよ……。謝らないで。それにしても、お義父《とう》さまやお義母《かあ》さまは？　ヒルダも……。私がいなくなったあと、どうなってしまったの？」

人形にされた義理の両親やヒルデガルド、シャルル。

彼らはリオンにとって悪人だったけれど、彼らを助けようとするひともいたはずだ。

それなら、この屋敷で過ごしていると思っていたのに。

カルは険《けわ》しい顔で、肩を竦《すく》めた。

「さあ。俺たちが住み始めてからは戻ってきてないね。あいつら、むかつくけど城で暮らしてるんじゃないかな。この屋敷を取り壊すって役人が話してたから……」

カルの言葉を、レーナが引き継ぐ。

「それまで、人買いから逃げた私たちは散らばって隠れていたんだけど、カルにその話を聞いて、急いでここに来たの」

「それは……なぜ？」

義理の両親は城にいるのか、と把握して、リオンは先を促《うなが》した。

リオンの疑問に、子どもたちは顔を見合わせる。

そして呆《あき》れたように、けれどどこか微笑ましそうに笑って、口々に言った。

「そりゃあ、大好きなリオンさまの家は、私たちが守らなきゃ」

「あのくそジジババといやな女は孤児院から俺たちを追い出したから嫌いだけど、リオンさまの家だと思ったら、絶対壊させたくないと思ったから」

「リオンさまは婚約破棄されたあと、どこかに行っちゃったって聞いたけど……いつか帰ってくるかもしれないしね」

「うんうん！　リオンさまの居場所はわたしたちが守らなきゃだもん！」

「みんな……」

自分は、こんなにも思われていたのか。

あたたかい気持ちが胸に広がって、苦しいくらいだ。

でも、とレーナが言った。

「リオンさま、お嫁に行ったんでしょ。じゃあ、そこで幸せになるのがいいよ」

「そうだね。だってリオンさま、今すごく幸せそう」

「ねえねえ、相手のひとはどんなひと？」

少女たちがリオンに近づいてきゃっきゃとはしゃぐ。

まるであの孤児院でのやさしい時間のようで、リオンははにかんだ。

「ラキスさまというの。本当にやさしい、あたたかい方で……」

リオンの話を、子どもたちが楽しげに聞いてくれる。それがうれしかった。

ふと思い出して、リオンはぽんと手を打つ。

「ああ、そうだわ。もしかしたら、わたくしのお部屋に、以前刺繍《ししゅう》したハンカチがあるかもしれないわ。お義母《かあ》さまのお気に召《め》さなかったみたいで、売り物にならなかったものが……。そんなものしかあげられないのだけれど、もし残っていたら、どうぞ受け取って」

「リオンさま、ついていくよ」

ジャックはそう言ってくれたが、リオンは首を横に振った。

「大丈夫よ。すぐそこだし、どうか待っていて。わたくしのできること全部で、お礼をしたいの」

そう言うと、子どもたちは不満そうながらも引き下がった。

リオンは微笑んで、かつて自室であった屋敷の隅《すみ》の部屋へ向かう。

贅沢《ぜいたく》な装飾品のなくなった家は、かえって亡き両親と住んでいた頃をリオンに思い出させた。

前髪越しに見える廊下が、懐かしさであふれている。

「わたくし、本当に、幸せなんだわ……」

思わずつぶやいた言葉は、だれにも聞かれることはない、はずだった。

「そんなの、あたしが許さないわ」

記憶の底に沈んだはずの、冷たい声が耳元で聞こえる。

その瞬間、リオンの意識は暗転した。

最後に見たのは、爛々《らんらん》と獣《けもの》のように光っている、青い瞳だった。

◆　◆　◆

リオンが自室にハンカチを取りに行ったあと。

エリーゼベアトは気になることがあり、カルに話を聞いていた。

エリーゼベアトはこの国に着いたとき、とある歌を耳にしたのだ。

ロッテンメイヤーのお姫さま　ならず者に奪われた
なにを　なにを奪われた？
家族と領地　それから名誉《めいよ》
燃えた館《やかた》に　焼かれた命
哀《あわ》れなロッテンメイヤーのお姫さま
ならず者は　赤の他人！

竜は人間に比べてはるかに耳がいい。

だからエリーゼベアトにはどこか遠くで口ずさまれたこのわらべ歌が聞こえたが、リオンは知らないはずだ。

明らかにリオンに関係するだろうその歌を歌っていたのは、子どもの声だった。

だから、もしかするとこの子どもたちも、なにか知っているかもしれないと思ったのだ。

「あの歌を広めたのは、俺たちだよ」

カルがそう答えたあと、エリーゼベアトはそう、と小さくつぶやいた。

エリーゼベアトは泣きそうだった。ひどく胸が痛かった。

リオンのかつての境遇を思って、今すぐにこの国を焼き滅《ほろ》ぼしてしまいたくなった。

「お姉さまはその義妹に、悪女に仕立て上げられていたんですのね」

「そう大人たちは言ってた。ヒルデガルドっていう、やべえやつ。リオンさまが社交界に出ないことをいいことに、好き勝手言ってて。リオンさまにやさしくしたやつは全員遠くに飛ばされるか、変な情報を植えつけられて、自《みずか》ら離れるんだ。俺たちが売られたのも、多分それが理由だよ」

カルの話を聞いて、エリーゼベアトは唇を噛み締めた。

昔は、人間などどうでもよかった。

竜からしてみれば、竜の番《つがい》以外の人間なんて、路傍《ろぼう》の石同然だ。そこにいてもいなくても変わらない、取るに足らない存在であって、特段感情を抱《いだ》くことはない。

……まさか、こんなに憎《にく》いと思える人間がいるとは思わなかった。

リオンを守るために、エリーゼベアトにはなにができるのだろう。

番《つがい》と死別したことを話したとき道を示してくれた、やさしいやさしい、エリーゼベアトのお姉さまに。

リオンのわだかまりを解きたいと思って、ここまで連れてきた。

リオンの過去は知っていたけれど、自分が守れば大丈夫だと思っていた。

けれど今になって、思っていたよりもずっと、リオンにとってここが危険なところだと理解した。

リオンを敵視するものに、ここにいることを知られれば、なにをされるかわからない。

リオンを戻ってきたら、すぐに竜王国へ帰ろう。

エリーゼベアトはラキスディートのもとへ、リオンを無事に帰さねばならないのだ。

そう決意したとき、エリーゼベアトは、けほ、と咳《せき》をする。

いやに頭が痛い。怒《いか》りのせいだろうか。

こつこつ、と足音がする。リオンの気配だ。

この話を聞かせてはならない。やさしいリオンを、ひとの悪意に触《ふ》れさせたくない。

「お姉さま、どうなさったの？」

エリーゼベアトは、話を切って振り返った。

だが、リオンの姿はやけにぼんやりしている。

すると、カルが驚愕《きょうがく》したように、エリーゼベアトに言葉を放った。

「エリーゼベアト、そこには、だれもいないぞ……？」

エリーゼベアトは、目を見開いた。

頭が痛い。胸が苦しい。

エリーゼベアトの胸に巣くう呪《のろ》いが、花開いた。

エリーゼベアトは、同じ妹の執念《しゅうねん》じみた意志の力に呪われた。

竜は強い。だから、本来これしきの呪《のろ》いでは倒れない。けれど。

エリーゼベアトは足元に転がる、黒い石の欠片《かけら》に気づいた。

――いけない！

エリーゼベアトは力を振《ふ》り絞《しぼ》り、その黒い石を強く握って、焼いた。

まぎれもなくこれは、竜の魔力の波を乱す魔石だった。

ここに来てからそう時間は経っていないのに、いつの間に忍《しの》ばせたのだろう。

膝《ひざ》をついたエリーゼベアトのもとに、カルが駆け寄る。

頭が痛い。

血を吐きながら、エリーゼベアトは叫んだ。

「お姉さまが……危ない！」

――あなたがお義姉《ねえ》さまの妹？　笑わせないで。

エリーゼベアトの声に重なるように、だれかの声が聞こえた気がした。

◆◆◆

「リオンが……いない……!?」

リオンの護衛の兵士が蒼白《そうはく》になりながら告げたことは、ラキスディートを恐慌に陥《おちい》らせた。

「王妹殿下もいらっしゃいません！」

——どうして、リオンが……！

エリーゼベアトがリオンの側《そば》にいるなら、城下の散策に行ったのかもしれないと思った。

けれど、どれだけ探っても、己《おのれ》の愛《いと》しい番《つがい》の気配はこの竜王国にはない。

竜王国のはるか下、あの忌々《いまいま》しい人間の国——アルトゥール王国にあるのだ。

リオンに心酔しているエリーゼベアトが、リオンの望まぬことをするはずがない。

だからこそ、ラキスディートは焦《あせ》った。

アルトゥール王国にまで、ラキスディートの守護の魔法を飛ばすことはできない。

奥歯が砕《くだ》けそうなほど噛み締める。

なにもできなかった、あの地獄の数年を思い出して。

エリーゼベアトの部下の召使たちは、エリーゼベアトに人払いをされてから、ふたりの動向が知れぬと言った。

ならば、これはリオンとエリーゼベアトがふたりで考えた末の行動なのだろう。

エリーゼベアトは知らない。あの国のことを、知識でしか。

だから、あの国がリオンにとってどれだけ危険なのかわからないのだ。

「ラキス、番《つがい》さまの実家だ！　行ってこい、国は任せろ！」

怒鳴るような声が、ラキスディートの背を打った。

振り返ると、イクスフリードが肩で息をしている。

彼の目は布に隠れていてもなおわかるほど、煌々《こうこう》と輝いていた。魔力が目に集中しているのだ。

意図して使う魔眼は多量の魔力と体力を消耗《しょうもう》する。竜王国からアルトゥール王国までの遠い距離なら、なおさらだ。

もう、イクスフリードの魔眼でリオンたちを見られる時間は保《も》たないとわかった。

ラキスディートは無言でうなずいた。硬質な、ガラスのような羽根を震わせる。

純白の翼《つばさ》が、りぃんと鳴った。

「竜王の全権を、一時宰相《さいしょう》に預ける！　私はアルトゥール王国へ番《つがい》を迎えに行く。――皆、国を任せた！」

は！　竜たちが一斉に膝《ひざ》をつき、こうべを垂れる。

ラキスディートは振り返らなかった。

竜王国は最強の国だ。

王ひとりがしばし国を空《あ》けても揺るがぬ強い国――それこそが、己《おのれ》の国、竜王国ラキスディートである。

だから、ラキスディートが気にするべきは、ただひとつのことだけだ。

「リオン……」

口にするのは、たったひとりの名前。

愛する番《つがい》。己《おのれ》のひとつ星、リオン。

彼女をこの手に抱き締めるまで、ラキスディートはうまく息ができない。

――リオン、無事でいてくれ……！

そう、声もなく叫ぶ。

瞬《まばた》きのうちに飛び立ったラキスディートは、嵐にも似た速さで急降下していった。

第七章

「う……」

リオンが目を覚ましたのは、薄暗い部屋。

それが、かつて通《かよ》った孤児院の一室だと気づいたのは、リオンが寝かされているベッドが、子どもたちが寝ていたそれと同じだったからだ。

「ここ……は……」

「起きた？　お義姉《ねえ》さま」

愛らしく、高い声。

それを聞いた瞬間、頭に冷水をかけられたような心地《ここち》がして、リオンの全身が硬直した。

青い目と、金髪。薄暗い部屋でも、その顔の造作は忘れられない。

かつて仲良くしたいと望んでいた義妹――ヒルデガルド。

今、ヒルデガルドはあまやかな声で、「お義姉《ねえ》さま」とリオンを呼んだ。

最後の日、ヒルデガルドがリオンを呼んだときと同じ声色《こわいろ》で。

彼女を恐ろしく思う反面、愛《いと》しくも思っていたはずだった。

それが、どうだろう。

今のヒルデガルドには、かつての親しさを感じなくなっていた。

ただ、ただ、恐ろしい。

例えるなら、得体の知れない異形《いぎょう》を視界に入れたような、そんな恐怖を、ヒルデガルドから感じる。

リオンは、震える唇をゆっくり開いた。

「ヒル、ダ」

「あら、まだそう呼んでくれるのね？　ありがとう、お義姉《ねえ》さま。あたし、そんなお義姉《ねえ》さまが大好きよ」

ヒルデガルドはそう言って、リオンの前髪をつかんだ。もがこうとして、両手と足が縛《しば》られていることに気づく。

「ヒルダ……？」

リオンがもう一度、その名を呼ぶ。

ヒルデガルドは、忌々《いまいま》しそうに眉《まゆ》をひそめ、同時に、その目元に恐ろしいほどの熱をともしてリオンを見つめた。

無理矢理、ヒルデガルドの青い目とじしんの目が合わせられる。

弧を描くように細くなった目。

恍惚《こうこつ》とした眼差《まなざ》しで見つめてくるヒルデガルドを、リオンは痛みにあえぎながら見返した。

どうして、そんな目で自分を見るのだろう。

ヒルデガルドに嫌われていたはずなのに。

まるで、奪われた宝物を取り返したように、彼女はリオンを一心に見つめる。

こんなヒルデガルドの表情を、リオンは知らない。

リオンの反応が小さいことが気に食わなかったのか、ヒルデガルドの手に力がこもった。彼女はにこにこ微笑みながら、リオンの髪をぎりぎりと引く。

幾本かの髪が抜けて、リオンの額《ひたい》に痛みをもたらした。リオンの呻《うめ》きが小さな部屋に響く。

「あ、ぐ……！」

「幸せ？　お義姉《ねえ》さま、幸せなのね！　なんて素敵なのかしら！　幸せっていいことよねえ。あたし、お義姉《ねえ》さまが幸せで、本当にうれしいわ」

言葉とは裏腹に、ヒルデガルドの声には侮蔑《ぶべつ》が滲《にじ》んでいた。

「でもねえ、お義姉《ねえ》さま。お義姉《ねえ》さまは、自分が幸せになっていいと思ってる？」

そう言って、ヒルデガルドが手を振りかぶった。

ぱん！　という音とともに、リオンの頬に熱が宿る。

遅れてじんじんとした、しびれにも似た痛みが襲ってきた。

あの頃、ヒルデガルドが戯《たわむ》れにリオンをぶったのとはまるで違う。明確な悪意を込めて、ヒルデガルドはリオンに手を上げていた。

ぱん、ぱん、と音が繰り返される。

恐怖で身が竦《すく》んで、リオンは抵抗することができなかった。

「い、や……」

小さな声で拒否を示す。

けれど、ヒルデガルドの青い目に見られていると思うと、もうだめだった。

心臓が凍《こお》るようで、手足も口も、もはや自分の意思で動かすことはままならなかった。恐怖で勇気が縮んでしまう。

前に進むと決めたのに。

リオンは、自分が情《なさ》けなかった。

回復したはずの自尊心が、芯《しん》から折れてしまうようだ。

ヒルデガルドは、そんなリオンの様子に満足したようだった。彼女は微笑んで、熱く腫《は》れ上がったリオンの頬を無遠慮にさする。

熱を持った頬が、痛みでぴくりと震えた。

「こんな醜《みにく》い目を持って、幸せになっていいわけないのよ？　あのときにお義姉《ねえ》さまをかばったひと、竜なんですってね。あの竜にどんなに甘い台詞《せりふ》を言われているのか知らないけれど、どうせ、全部嘘に決まってるわ。だってそうじゃない。こんなに醜《みにく》いお義姉《ねえ》さまを愛するひとなんかいるわけないもの。ね？」

ヒルデガルドが、リオンを暗闇へ突き落とそうとする。

リオンはその言葉に、肩を揺らした。

――……違う。

強く思った。違う、違う。ラキスディートは嘘など言わない。

リオンを愛《いと》しいという彼の言葉は、嘘ではない。

奥歯をぎゅっと噛む。それだけは、否定しなければならないと思ったから。

リオンは、ラキスディートを信じたいのだ。だから、信じる。

リオンが信じたいから、信じているから、ラキスディートは嘘をつかない。

――ラキスさまは、わたくしの目を星屑《ほしくず》の目だと言ってくださった。

だから、リオンの目は、星屑《ほしくず》の目なのだ。

リオンは、もう絶対に自分の目を、化け物の目だなんて言わせたくなかった。

「ちが、う、わ！」

口の中が切れているようだ。血の味がして、言葉がうまく紡げない。

それでもリオンは、力の限り叫んだ。

「わたくしの目は、化け物の目なんかじゃない！」

頬を腫《は》らし、唇から血を流し、肩で息をするリオンを、ヒルデガルドは驚愕《きょうがく》の眼差《まなざ》しで見つめる。

その顔が憤怒《ふんぬ》に歪《ゆが》んだ、そのときだった。

扉の隙間から光が差し込み、薄暗い室内を照らしていく。

ヒルデガルドの煌々《こうこう》と輝く青い目が、怯《おび》えた色を宿した。

彼女のドレスが、髪が、手が、顔が、すっかり光で暴《あば》かれる。

それを見て、リオンは目を限界まで見開いた。

そこにいたのは、かつての愛らしい面影《おもかげ》もないほど、肌がぼろぼろに崩《くず》れた女だった。

目の前にいる存在がヒルデガルドだと、リオンは一瞬わからなくなった。それほど変わり果てた姿だった。

「ヒルダ……？」

リオンの驚きに気づいたのだろう。差し込む光を憎々《にくにく》しげに見て、ヒルデガルドは笑った。

無理やりに作ったような笑みだった。

けれど、もはやその顔に愛らしさはない。

悪辣《あくらつ》で歪《ゆが》んだ、狡猾《こうかつ》な笑みをたたえたヒルデガルドは、なにかに突き動かされるようにリオンの体に馬乗りになった。

がん！　とヒルデガルドの拳《こぶし》がリオンの額《ひたい》を打つ。

痛い。リオンの額《ひたい》を、なにかが伝うのを感じる。鉄さびに似たにおいが鼻をついた。

ヒルデガルドの力が強い。はねのけることができない。

けれどリオンは、もはやヒルデガルドを恐ろしくは思わなかった。

こんなのは、子どもの癇癪《かんしゃく》と同じだ。

リオンは、今、理解した。

ヒルデガルドは、思い通りにことを進めたがる子どもにすぎないのだと。

そうして――もう、ヒルデガルドと自分は、理解し合うことができないのだと。

ヒルデガルドは、声を上げながらリオンに拳《こぶし》をぶつけ続ける。

「お義姉《ねえ》さまは！　幸せになってはいけない！　いけないの！」

「――それを決めるのは、あなたではないわ！」

リオンは叫んだ。ヒルデガルドを、あなたと呼んだ。

「……っ！」

ヒルダと呼ばれなかったヒルデガルドは、息を呑んでうろたえる。

そのすきに、リオンは這《は》いずって逃《のが》れようとしたが、直前でヒルデガルドに首を押さえつけられた。

「あ、う、ぁ……！」

「あたしよ！　決めるのは、あたし！　お義姉《ねえ》さまは、幸せになってはいけないの！　あたしが貧《まず》しかったとき、お義姉《ねえ》さまは綺麗なドレスを着て笑ってた！　それを見たときから決めてたの。絶対に、幸せにさせないって！」

ぎりぎりと首が絞まる音がする。痛みとともに、意識が遠ざかる。

けれど、リオンはここであきらめてはいけなかった。

以前のリオンなら、すでにあきらめて息絶えていただろう。

でも、今の自分には、ラキスディートがいる。

勝手にここに来て、勝手にさらわれて、そうして勝手に死にそうになっている自分を、ラキスディートはどう思うだろう。悲しむだろうか、怒るだろうか。

それでも。

リオンは、あのやさしい腕の中に帰らないといけない。

ラキスディート、エリーゼベアト、イクスフリード……竜王国で出会った大好きなひとたちのもとへ、帰らなければいけない。

だって、リオンはあの場所に、帰りたい。

「ら、きす……さ……」

苦しい。息が、できない。

遠くなる意識をかろうじて繫《つな》ぎとめて、リオンはやっと、口を動かした。

「たすけて……」

——助けてと、言って。

ラキスディートの声がした。それは、いつかの言葉だった。頭の中でなにかが弾《はじ》ける。

記憶の『あなた』が手を伸ばしている。

「ラキ、ス」

呼んだのは、たったひとりの名前だった。

過去の『あなた』と、白金《はくきん》の髪をした竜の王が重なる。

リオンの目から、涙があふれた。

夢の中のあのひとは、シャルルなんかじゃなくて。

——……あなた、だったんだわ。

リオンがかすかに微笑んだ、その瞬間だった。

キィンという、ガラスがぶつかるような音がして、閉まっている扉が震えた。

リオンには聞き覚えがある。これは、竜の翼《つばさ》のこすれる音。

閃光《せんこう》がまぶしく通り抜ける。ひらけた視界に、空が見えた。

「リオン！」

白金《はくきん》の、長い髪がなびく。

白い翼《つばさ》をはためかせて、煌《きら》めく光の化身がそこにいた。

竜王――ラキスディートが、そこにいた。

リオンは、ラキスディートをじっと見つめる。

ヒルデガルドは屋根が消失したことに驚いたのか、リオンから手を放し、顔をかばっていた。

ぼろぼろの肌では、日の光に耐《た》えられないのかもしれない。

そのすきをついて、ラキスディートがヒルデガルドから取り返すようにリオンを抱き締めた。

リオンは、突然入り込んだ空気にむせて、けほけほと咳《せき》をする。

「リオン、リオンッ……！」

ラキスディートの声がかすれている。息が荒く汗がひどい。

これは全部、ラキスディートに心配をかけた、愚《おろ》かな自分のせいだ。

どれほどこのひとを心配させたのか、リオンは今になってやっと気づいた。

リオンはいつだって間違える。手を伸ばすことが怖くて、裏切られるのが怖くて、助けを求めることを躊躇《ためら》っては、大切なひとを傷つけてしまう。

あのとき﹅も今﹅も﹅、ラキスディートはいつだって自分のことは二の次で、リオンを助けようとしてくれていたのに。

「ごめんなさい、ごめんなさい、ラキスさま……！」

「違う、リオン。君のせいじゃない。やさしい君なら、気がかりを放置できないのは当然だ」

ラキスディートはリオンを責めない。それが苦しい。

リオンはラキスディートの首に手を回す。そして、ぎゅうっと抱きついて息をした。

ラキスディートに髪を撫でられる。リオンの体から力が抜けた。

これで全部終わる。その安堵《あんど》から、リオンは保っていた意識を手放そうとした。

……だが、それはできなかった。

白金《はくきん》の長い髪が揺れた瞬間――空気が、止まった。

尋常ならざるラキスディートの様子に、リオンははっと覚醒《かくせい》する。

同時に、ズ……と、遠くから低い音が響いた。

それはどんどん大きくなって、リオンたちの周囲を覆《おお》いつくしていく。

りぃん……りぃん……りぃん……！

ガラスのこすれるような音が、輪唱のように繰り返し反響《はんきょう》する。空気が震え、びりびりとした振動が建物を揺らしている。

番《つがい》だからだろうか。ラキスディートの腕から、頭が焼ききれそうなほどの怒《いか》りが伝わってきた。

リオンには、それがわかった。

「リオンを、傷つけたな」

静かな声が、重さを伴《ともな》って響く。その間も、建物の揺れはおさまらない。

煉瓦《れんが》が崩《くず》れ、板が割れ、金具が弾《はじ》け飛んで、ひとつひとつ、崩壊していく。

まるで、リオンを傷つけたすべての存在を許さないとでもいうように、壊れて崩《くず》れた先から燃えていった。

それらは灰《はい》となり、振動で立てなくなったヒルデガルドの服を、肌を汚《けが》す。

息もできぬほどの熱が、彼女の髪を焼いていく。

ヒルデガルドの悲鳴が聞こえた。つぶれた蛙《かえる》のような声だった。

まるで地獄のようだ。

ラキスディートは、いつの間にか人間の姿を形作ることをやめていた。

今、宝物のようにリオンを守り抱いているのは、人間など簡単に丸のみにしてしまえるほどの巨大な白金《はくきん》の竜だ。

その竜は、めらめらと崩《くず》れて燃えてゆく、孤児院だったものを睥睨《へいげい》している。

数十秒もしないうちに、そこにはなにもなくなった。

この孤児院は廃墟《はいきょ》だ。だから、ひとや生き物は死んでいないだろう。

けれど、周囲にあったはずの草木ごとすっかり焦土《しょうど》と化していて、リオンは言葉を失った。これが、竜の怒《いか》りなのだ。

怒《いか》りをはらんだたったのひと言だけで、あたり一帯を簡単に消し去ってしまえる。この世界の頂点たる存在。人間の力の及ばぬ、絶対的な強者。それが、竜なのだ。

リオンははっと我に返って、ヒルデガルドを捜した。

なにもない焦土《しょうど》の中心に、薄汚れた小さな人影がある。

えぐれるように燃え尽きた孤児院だった場所の中心に、埋《うず》もれるように、ヒルデガルドがぜえぜえと息を乱して座り込んでいた。

彼女は自分を守るように、背中を丸めている。

けれど、もはや板の一枚、草の一本もないその場所に、ヒルデガルドを守るものは、なにもありはしなかった。

「リオンを傷つけるものは、許さない。傷つけさせるものか……！」

ラキスディートは、烈火のごとき怒《いか》りを隠さず、声の重圧でヒルデガルドを這《は》いつくばらせる。

リオンにはなにも害を及ぼさないその声は、ヒルデガルドの背をみしみしと押しつぶしていく。

「あ、が、ぁあ！」

ひしゃげたような声が、ヒルデガルドから漏れた。

このままでは死んでしまう。それがわかっているだろうに、ラキスディートの力が緩む気配はない。リオンはラキスディートの目を見て、確信した。

ラキスディートは、ヒルデガルドを殺すつもりなのだ、と。

「ラキス、さま」

あえぐようにリオンは呼んだ。

ラキスディートを止めなければと思った。

――どうして?

リオンの中でだれかが言う。リオンの声で、リオンの言葉が耳の中に反響《はんきょう》する。

――ヒルダにどんなことをされたのか、覚えていないわけではないでしょう。

だれかは、ヒルデガルドを救おうとするリオンの心を砕《くだ》こうとする。

リオンは唇を閉じた。ヒルデガルドを、見殺しにする……

それは、リオンが望んでいることなのだろうか。リオンの本当に望むことなのだろうか。

だから、リオンはこんなことを考えてしまうのだろうか。


――違う。

リオンはもう一度口を開いた。そんなことを望むわけがない。だって――……

土ぼこりを吸って痛む喉《のど》を酷使《こくし》して、それでも、あらん限りの力で叫んだ。

「ラキスさま!　ヒルデガルドを殺さないで!」

ラキスディートから放たれる威圧感が、ぴたり、と消える。

それでも怒《いか》りに燃えた黄金は、なおもヒルデガルドを見据《みす》えていた。

彼はリオンの言葉を聞いてくれただけで、まだヒルデガルドに対する殺意を鈍色《にびいろ》に輝かせている。

「お願い、ラキスさま。わたくしのために、ヒルデガルドを殺さないで」

ラキスディートは、いつだって自分のためになんでもしてくれる。

だから、リオンはラキスディートに、ヒルデガルドを殺させてはならないと思ったのだ。

リオンのために、ラキスディートの手を汚《けが》すことがあってはならない。

リオンは、ラキスディートのために生きるのだ。だから過去のしこりを取り除きたくて、ここに来た。

それなのに、ここで愛《いと》しいひとに命を奪わせてしまえば、リオンには彼の隣にいる資格がない。

「リオン……」

ラキスディートが小さくリオンを呼んだ。

リオンの白い頬を伝い落ちる水が、ラキスディートの舌によって拭《ぬぐ》われる。

はらはらとこぼれるものは、リオンの耐《た》えきれぬ感情の雫《しずく》だった。

「ラキスさま。わたくしのために、あなたがだれかを殺してはいけないわ」

竜王国で見た悪夢の続きが今なのだとしたら、リオンは、じしんの力でヒルデガルドを振り切らねばならない。

これは、リオンのやらなければいけないこと。

リオンは、過去を乗り越えようとして、ここに来たのだ。

やっとわかった。リオンがだれに救われて生きてきたのか。

――あなたに会いたくて、わたくしはここに来たんだわ。

『ラキスディート』に差し出された手を、取るために。

かつて、リオンがラキスディートに投げつけた呪《のろ》いを解くために。

「ラキス、さま……いえ、ラキス。ごめんなさい。あなたはずうっと、わたくしを守ってくれていたのね」

「リオ、ン……君は……」

ラキスディートがなにかを口にする。けれど、押し黙った。

そっと地上に下ろされて、リオンは微笑む。

一陣の風がリオンの薄い赤毛をひらめかせて、夜空に浮かぶ星屑《ほしくず》のような瞳をあらわにした。

視界が明るい。目を見られるのは、まだ怖い。

けれどリオンは、もううつむかなかった。

リオンは、倒れ込むヒルデガルドのすぐ側《そば》まで進む。

夕焼けの光が、リオンのチェリーブロンドを深紅《しんく》に染め上げた。

「ヒルデガルド・ロッテンメイヤー」

ヒルデガルドは、その声に顔を上げた。

リオンの目と、ヒルデガルドの目がぴたりと合う。

同じ色のはずだった。青い、空の色という共通点があったのに、どうしてこんなに変わってしまったのだろう。

ヒルデガルドの瞳は淀《よど》み、苛烈《かれつ》な感情だけを宿してリオンを睨《ね》めつけている。

リオンは、ヒルデガルドのことが、ただ哀《あわ》れだった。

——あなたを許す。もう関わらないで。どこかで幸せになって。あなたが嫌い。

言いたかったことも、心に澱《おり》のように残っていた思いもあったはずなのに、リオンはそのどれもをヒルデガルドに渡そうと思えなかった。

だから、ひと言だけ、リオンは口にした。

「――さようなら」

仲良くなりたかった。家族になりたかった。

けれど、ありえない未来だったのだ。

ひたすらにリオンを憎《にく》む、ヒルデガルドの青い目が悲しかった。

「さようなら、ヒルデガルド・ロッテンメイヤー」

小さく小さく、唇だけでつぶやく。

リオンは、じしんの肩に触《ふ》れるラキスディートの冷たい鱗《うろこ》に手を伸ばした。

どうして涙があふれるのだろう。

もう二度と会わない、義妹だったひととの別れが悲しいわけではないのに。

ラキスディートが、大きな前足でそっとリオンの髪を撫でる。

「愚《おろ》かな人間の娘よ。貴様は、愛し方を間違えたのだ。リオンに近づきたいと願うなら、その方法をとってはいけなかった」

哀《あわ》れみさえ感じる声で、ラキスディートは言った。

「それでも、自覚することすら放棄《ほうき》した貴様には、リオンに関わる権利はない」

ヒルデガルドが目を見開く。

「待って、待ってよ、お義姉《ねえ》さま！　あたしは……！　いや！　いやよ……！　こんな、こんなことで終わるわけない、いや……！　待ってよ……！」

行かないで、と、彼女は溺《おぼ》れるようにあえいで、リオンに取りすがろうとした。

けれども、ラキスディートは大きく尾を打ち鳴らしてヒルデガルドを妨《さまた》げる。それでもリオンに這《は》い寄《よ》ろうとするヒルデガルドの爪が土を掻いて、赤い血が滴《したた》り落ちた。

絶望に満ちた金切り声があたりに響く。

ヒルデガルドは血を吐くほど叫びながら、リオンただひとりに眼差《まなざ》しを注《そそ》いでいた。それがわかったからこそ、リオンはヒルデガルドに背を向ける。

悪事を重ね、今やぼろきれのようになった彼女は、いずれ裁かれるだろう。

けれどその役目は、もはやリオンのものではない。

リオンは、じしんがこの国でなすべきことを、すでに果たしていた。

だからもう、言葉を返すこともなかった。

「ラキス。わたくしを、連れて帰って……」

最後の雫《しずく》はすっかり冷たくなって、リオンの頬を伝い落ちる。

「もちろんだ。帰ろう、竜王国へ。――君の国へ」

ラキスディートがリオンを抱き上げた。

抱き締められた体がほのかにあたたかさを帯びて、リオンの心をやさしく覆《おお》っていく。

高く飛び上がったラキスディートの腕の中で、リオンは小さくなっていくヒルデガルドの姿を見ていた。

見えなくなるまで、ずっと見ていた。


夜空を星屑《ほしくず》が彩《いろど》った頃、ふたりは竜王国に帰りついた。

やっとリオンは唇をわななかせ、声を上げて泣いた。

――ヒルデガルド、あなたと仲良くなりたかった。

もう二度と会うことのない彼女を思って、リオンは涙を流した。

リオンには、ラキスディートがいる。竜王国のみんながいる。

空を見上げ、笑うことができる。

そんな風に自分が満たされてみて初めて、かつてあんなに羨《うらや》んでいたヒルデガルドの心の乏《とぼ》しさに気づいた。可哀想と言うことはできない。それだけ、ヒルデガルドの罪は大きい。

それでも今だけは、最後に、妹だった彼女を哀《あわ》れみたかった。

ラキスディートがリオンの髪をそっと撫でる。

やさしい手つきは、ヒルデガルドのために泣くことを、彼が責めはしないと教えてくれた。

今日は、悲しくて、痛くて、苦しかった。

でも、同じくらいにリオンの胸を埋《う》めたのは、リオンがだれより愛《いと》しいと思う白金色だった。

今までのリオンなら、ヒルデガルドへの同情にとりつかれて、二度と前を向けなかっただろう。

空を綺麗だと思うことも、きっとなかった。

けれどリオンを抱《いだ》く夜空はこんなにも美しくて。

リオンは最後に一筋だけ涙を流した。

明日も、リオンは生きていく。この竜王国で、だれより愛《いと》おしいひとと。

重い殻《から》が剥《は》がれたようだった。

彼女のことを忘れない。だけどもう、リオンは過去の暗闇を恐れはしなかった。

星《リオン》を抱《いだ》く夜空《ラキス》。

群青の夜は暗闇を包み込み、リオンに恐怖と向き合う強さをくれた。

リオンは、想いを込めて空を見上げる。

——ああ。わたくしは、この空を、愛している。

リオンの胸の中にあった靄《もや》は、すべて消え去っていた。

◆　◆　◆

リオンがアルトゥール王国へ行って、さらわれて、帰ってきて。

言葉にすればそれだけだけれど、ラキスディートを恐怖させるには十分な出来事だった。

ラキスディートは、腕の中で声を上げて泣いている愛《いと》しい番《つがい》を見下ろして、静かに目を伏せた。

リオン、愛《いと》しいリオン。

もう二度と失えない、己《おのれ》の唯一。

アルトゥール王国で、「ラキス」と呼ばれたからだろうか。

ラキスディートは、忘れえぬ出会った日のことを、思い出した。


あれは、十年前のこと。

ラキスディートはこの世に番《つがい》が存在することを察知した。

それを臣下たちにうっかりこぼすと、彼らは「捜しに行け」とうるさく言った。

当時のラキスディートは、それに嫌気《いやけ》が差していた。

だから、王の自分がいなくなって、しばらく困ればいいんだと、家出のつもりで下界にある小さな町に下り立った。

ラキスディートは人間にさして興味はなかったが、人間が生み出すものは好もしく思っていた。

だから、家出先は人間の国にした。

だが直後、ラキスディートはそれを後悔する。

ラキスディートの姿を見た人間の雌《めす》が騒いで、うんざりしたからだ。

仕方がないので、じしんが子どもに見えるよう魔法をかけ、日々を過ごすことになる。

その日はたしか、赤い薔薇《ばら》に興味を惹《ひ》かれて、公園のような場所に行ったのだった。

花のよい香りがして、他の甘い匂《にお》いも混じっている。

匂《にお》いをたどって歩いていると、なにかがラキスディートの足にぶつかった。

それは、人間の子どもだった。

面倒くさいものに出会ってしまった、とラキスディートは思った。

なぜなら、その少女は泣いていたからだ。小さな手で顔を覆《おお》って、嗚咽《おえつ》をこぼしている。

薔薇園《ばらえん》でうずくまる少女の髪は、まるでサクラのような淡《あわ》い色だった。

ラキスディートは足元の少女を見下ろす。

「……おい」

言ってから、しまった、と思った。

このまま立ち去ればよかったのに、どうして声をかけたのか。

ただ少しいい匂《にお》いがして気になってはいたけれど、それだけだったのに。

案の定、子どもはびくりと肩を跳ねさせた。

そうして、恐る恐るといった風に、手を顔から外し、そうっと上を見る。

ラキスディートと少女の視線が合う。

ラキスディートは目をみはった。少女の目は、まるで夜空の星屑《ほしくず》だった。

深い青の中に、星のような光が散っている。

魔力は感じないのに、まるで魔法で作られた宝珠《ほうじゅ》のような瞳だ。

ラキスディートには、それが今まで見たものの中で最も美しいと思えた。

「あなたは、だあれ？」

少女はまだ涙交《なみだま》じりの声で、ラキスディートに問いかけた。

名乗ろうとしたが、声が詰まる。

ラキスというのは、古《いにしえ》の竜の言葉において夜空を意味する。それにあやかってつけられたじしんの名が、星屑《ほしくず》のような瞳の少女の前では霞《かす》むと思ったのだ。

ラキスディートは、棒立ちのまま動けなかった。

「ここでなにをしていた」

名前を答える代わりに、ラキスディートの口からこぼれたのはそんな言葉で。

途端に少女が悲しそうな顔をするから、失敗した、と後悔した。

そんな自分に驚いた。今まで人間など興味がなかったのに、どうしてそう感じたのだろう。

少女は、ラキスディートの問いに小さく答えた。

「わたくし、わたくしはね、ここで薔薇《ばら》を摘《つ》んでいたの」

「怪我《けが》でもしたか」

少女はまた涙をこぼして、首を横に振る。

「怪我《けが》は、していないわ」

「では、だれかに苛《いじ》められでもしたか」

竜の自分から見ても愛らしいこの子どもを、苛《いじ》めるやつはいないだろう。

どうせまた返ってくるのは同じ答えだろうと思いながら、一応聞いてみた。

けれど、ラキスディートの考えは裏切られる。

少女の背中は強張《こわば》り、目は悲しげに伏せられた。

「ばかな」

本気でそう思った。

どこからどう見ても、こんなに美しい少女はいないだろう。これになにかするとは、そいつの性根が腐っているとしか思えない。もしくは、目がひとつもないかだ。

「お兄さん、やさしいのね。……でも、わたくし、わかっているのよ。この目は、気味悪いって」

そう言って、少女は自分の目を覆《おお》った。

「それは……苛《いじ》めているやつらに言われたのか」

ラキスディートの言葉に、少女はうつむく。

「わたくしの目を見て顔をそらさなかったのは、お父さまと、お母さま、それからお兄さんだけよ」

「……ばかな」

ラキスディートはもう一度、同じ言葉を口にした。少女は、それに寂しげに笑う。

「本当だもの。みんな顔を真っ赤にして、それで顔をそらすの。変な目って言うの。きっと、あんまり気持ちが悪いから、怒ってしまったのね」

ふつふつと怒《いか》りが湧《わ》いてきて、やがてラキスディートは激昂《げっこう》した。

「――その星屑《ほしくず》の瞳が気味悪いなど、そんなことあるはずがない！」

「……ほし、くず？」

頬を伝う涙を放って、少女はラキスディートをきょとんと見上げた。

ラキスディートは思わずしゃがんで、少女を自分へ引き寄せる。

この少女を貶《おとし》められることが我慢ならなかった。

目と目を正面から合わせ、少女がうろたえるのもかまわず、ラキスディートは続けた。

「その目は星屑《ほしくず》だ。まるで夜空から落ちてきたようだ。私が思うのだから、そうに決まっている。大陸中に宣言したっていい」

「え、え、え？」

少女は目をしばたたき、みるみるうちに顔を赤くした。

それでも、ラキスディートは目を合わせたままそらさなかった。

ラキスディートが夜空なら、この少女は星。

きっとこの少女は、自分という空から落ちてしまった星屑《ほしくず》なのだ。

理由なんてない。建前すらうっとうしい。

ただラキスディートはこの少女を自分のものだと、強く、強く思った。

それなのに、ほかの人間はこの少女がいらないらしい。

――ならば、自分がもらう。たった今、そう決めた。

ラキスディートは、少女の背に手を回してぎゅうと抱き締めた。

少女が震える。怖がらせたと思って、ラキスディートがはっとしたとき。

少女が、ラキスディートの胸にしがみついた。

ぎゅうぎゅうと、ぐりぐりと、少女はラキスディートの胸に顔を押しつける。

そうして、くぐもって震える声で、小さく小さくつぶやいた。

「……星屑《ほしくず》って、本当？」

「……ああ。本当だよ」

少し考えて、ラキスディートはなるべくやさしく声を出した。

この少女を、もう怯《おび》えさせたくなかったから。

だから、荒い口調も改めた。不思議と、この少女に尽《つ》くすことが好もしいことだと思えた。

「名乗らなくてごめん。私はラキスディート。ラキスと呼んで」

「ラキス、ラキス？　綺麗なお名前ね」

少女は顔を上げた。ラキスディートの金の目と、少女の青い目が向かい合って、柔らかく細まる。

「ありがとう、君は？」

「わたくし？　わたくしはね、リオンというの」

ラキスディートは、思わず噴《ふ》き出《だ》してしまいそうになった。

それを見て、リオンがぷく、と頬を膨《ふく》らませる。

「変な名前じゃないもの」

「ああ、違う違う」

ラキスディートはうれしくて、リオンの唇に人差し指を当てた。

なんという偶然だろうか。

「リオン。いい名前だ。私たちの言葉で、星という意味だよ」

「え……」

少女――リオンは、その綺麗な目を見開いた。

ラキスディートはそれをやさしく見つめ、話を続ける。

「ご両親は博識だ。竜の国の、古代の言葉だよ」

「……ラキスは、竜なの？」

「うん」

なんでもないように、ラキスディートはうなずいた。

リオンは驚いた顔をして、次の瞬間、破顔した。

「素敵、ラキス。かっこいいわ！」

リオンがラキスディートの首に抱きつく。

そのとき、ラキスディートはリオンの匂《にお》いに気づいた。

ミルクのような、花のような。そのどちらでもない匂《にお》い。

これは、人間のものではない。

――ああ……そういうことか。

ラキスディートはその事実がすとん、と腑《ふ》に落ちた。そして、リオンを抱き返す。

こんなにも幸せなことが、この世に存在するのか。

その不思議な甘い匂《にお》いは、番《つがい》にのみわかるもの。

リオンは、己《おのれ》の番《つがい》だ。ラキスディートだけの、雌《めす》だ。

愛《いと》おしい、愛《いと》おしい、愛《いと》おしい。

ただひたすら、激しい愛情が胸にあふれる。

きっとこれが、ラキスディートが自我を手にした瞬間だった。

「あら？　ラキス、怪我《けが》をしてるわ」

ふと、リオンがラキスディートの腕を見て言う。

「へ？」

ラキスディートがじしんの腕を見下ろすと、服はかぎ裂きになっていて、肌にはわずかに赤い筋ができていた。

ラキスディートの、人間の村人を模《も》した服は袖《そで》が長く、怪我《けが》はしにくいはずだ。

しかし、先ほどしゃがんだとき、薔薇《ばら》のトゲで引っかけたのだろう。

「これくらい、大したことないよ」

ラキスディートは竜だから、この程度は傷のうちに入らない。それに、魔法でどうとでも治せるものだ。

だからそう言ったのだが、リオンは「だめよ！」と声を荒らげた。

「あのね、ラキス。怪我《けが》をして、放っておくと、ばいきん？　が入ってひどくなるのよ。わたくし、お父さまから聞いたのだから」

リオンはほっぺたを膨《ふく》らませ、目にぎゅっと力を入れてラキスディートを見上げた。きっと自分では、怖い顔をしているつもりなのだろう。

ラキスディートはリオンの頭を撫でる。その丸く形のいい頭にすら愛《いと》しさを覚えて、目を細めた。

だめだ、にやけてしまう。

今ここに妹や宰相《さいしょう》がいれば、ラキスディートの顔を見て肩を竦《すく》めるだろう。

けれど、かわいくて愛《いと》しい番《つがい》に自分を心配してもらって、頬が緩まない雄《おす》がいるなら見てみたい。

先ほどまではちっとも人間になど興味がなかったくせに、満たされたラキスディートは、そう思っていた。

「もう！　もう！」

そんなラキスディートに憤慨《ふんがい》したようで、リオンはぷくっとした頬のまま、ポケットをごそごそ探る。そしてラキスディートの腕になにか押しつけた。

「……リオン？」

ラキスディートが驚いていると、リオンは大きな声で答える。

「血を止めてるの！」

小さな手がラキスディートの傷口にぎゅうぎゅうと押しつけているものは、真っ白なハンカチ。

そういった非効率なことも、リオンがやってくれると思うとうれしいものだ。

そのハンカチは、よく見れば薄紅色《うすべにいろ》の糸でなにか刺繍《ししゅう》がしてあった。

子どもの手ながらなかなか味があって、それもまた好もしい。

それを伝えると、リオンは決まりが悪そうな顔をする。

「ううっ、れ、練習するわ」

ラキスディートはすっかりだらしのない表情を浮かべ、リオンをぎゅうっと抱き上げた。

「ラキス!?」

「リオンはかわいいなあ！」

「そんなこと言うの、お父さまとお母さま以外じゃあなたくらいよ、ラキス！」

わたわたと慌《あわ》てながら、耳まで赤くしたリオンもかわいい。とにかくかわいい。

「リオン、愛してるよ」

「……もう！」

仕方ないなあ、というリオンのまぶしい笑顔を、ラキスディートは一生忘れない。

愛《いと》しい愛《いと》しいリオン。いいや、愛《いと》しさよりもっと深い。

このとき、ラキスディートは全身全霊《ぜんしんぜんれい》で初恋をしていたのだ。

そのあと、リオンが傷口に巻いてくれた白いハンカチを、ラキスディートはしばらく外すことができなかった。外したあとは、当然ラキスディートの宝になった。

今でもそのハンカチは、ラキスディートの部屋の小さな箱に大切にしまわれている。

それから、ラキスディートとリオンは、毎日会うようになった。

ある日には、色とりどりの花が咲き乱れる花畑で遊んだ。

リオンは花畑の真ん中に座って、微笑んでいた。

ふんわりと広げたスカートには、大小二つの花かんむりをのせている。

その目がラキスディートを見つけて、ぱあっと光を宿した。

「ラキス、見て見て！」

「わあ……綺麗だねえ」

「お母さまから教わったのよ」

リオンが持っているのは、シロツメクサやタンポポで編《あ》まれた花かんむりだ。

黄色と白、たまに紅《べに》が交《ま》ざっている。

「本当はサクラを使いたかったのだけれど、この国にはないのよね。見てみたいなあ」

リオンはそう言いながら、綺麗に笑った。

「ラキス？」

ぼんやり彼女を見つめていると、ふいに、鈴の音のように可憐《かれん》な声が響く。

「ああ、うん。リオン、なに？」

「はい！　あげる！」

リオンは、ふわりとラキスディートの頭に花冠《はなかんむり》をのせた。

そうして、もう片方の小さな花かんむりをじしんでかぶり、口の端を引く。

キラキラとした青い目が柔らかく細まるのがうれしくて、ラキスディートも笑った。

「わたくし、リオンは、ラキスのお嫁さんとして、ラキスを愛することを誓います！」

突然の告白に、ラキスディートは頬を染め上げた。

「え、ええ⁉」

驚いて目をしばたたくと、リオンは不思議そうに首を傾げた。

「ラキスは誓ってくれないの？」

「え、あ、え？　ええと、うん。うん？」

「ラキスは、わたくしを奥さんにするって誓ってくれないの？」

「――ち、誓う!!　誓うよ！」

慌《あわ》ててそう口にしたが、もしかしたらとんでもなく都合のいい夢を見ているのかもしれないと思って、ラキスディートはうろたえた。

リオンの星屑《ほしくず》の瞳が丸くなる。

「ラキス？」

「いや、そのね。幸せすぎて、夢じゃないかなって思ったんだ」

「まあ」

大真面目なラキスディートに、リオンはころころとかわいく笑う。

「ラキス、これは夢じゃないわ。わたくし、ほんとにラキスのお嫁さんになるんだから」

リオンも、自分と同じ気持ちでいてくれる。

だからいつか、リオンをこの人間の国からさらっていこうと、決めていた。

そうだ、リオンが親の育てを必要としなくなったら。そうしたら求婚して、竜王国に連れ帰ろう。

そう告げたとき、リオンの両親はもちろん驚いていた。

けれどラキスディートが竜王だと言うと、「リオンを幸せにしてほしい」と逆に彼らは頭を下げた。

なんでも、何代か前のロッテンメイヤー伯爵が竜学者だったらしい。それで、竜の番《つがい》に対する愛情深さについて詳しいのだという。

竜王の寵愛《ちょうあい》を受けられるなら、娘はだれより幸せに違いない。

リオンの両親は、そう言って喜んでいた。

それにしても、リオンと第一王子の婚約の話が持ち上がっていたにもかかわらず、彼らがリオンを簡単にラキスディートに預けたのは、彼女を取り巻く環境について、思うところがあったからか。

……あるいは、自分たちに迫る危機に気づいていたのか。

これは幸せな過去だ。

幸せで、泣きたいくらい楽しい、素晴らしい思い出だ。

――そう、あの日までは。

寒い冬のことだった。

突如、ロッテンメイヤー伯爵の屋敷から火の手が上がり、一瞬で燃え広がった。

その日、ラキスディートとリオンは一緒に伯爵邸にいたから、彼女は無事だった。

けれど伯爵夫妻は、助けられなかった。

火事で死んだのではない。だれかに殺されていたのだ。

夫婦の寝室には、ナイフで胸を貫《つらぬ》かれた夫人がベッドに横たわり、伯爵の首と、それを切り落としたのだろう、血まみれの斧《おの》が転がっていた。

リオンは呆然としたあと、死んだ両親を求めて叫んだ。

ラキスディートの目から、涙がこぼれ落ちる。

どうして、もっと気をつけなかったのだろうか。

番《つがい》に出会って浮かれていたから？　それは言い訳だ。

リオンの心を守るなら、リオンの大切なものをも守らねばならなかったのに。

「ラキス！　お願い、お願いよ……お父さんとお母さんがまだ中にいるの。放して……」

リオンが泣いている。その涙を止められるなら、この命を失ったってよかった。

「リオン、私の命を代価に……」

「ラキス、なにをするの……？」

リオンが目を見開く。

ラキスディートのしようとしていることがわかっているわけではないだろう。それでも、不穏なものを感じたのかもしれない。

ラキスディートは、時を戻す魔法を行使しようとした。

時を戻す――命を戻すための魔法の代価は大きすぎる。ラキスディートの命をもって、なんとか果たせるくらいだろう。

「いや、お願い。危険なことはしないで、ラキス」

「大丈夫。リオンのご両親が、戻ってくるんだよ？」

しがみついてくるリオンに、言い聞かせるように言った。

だが、ラキスディートは、年ばかり重ねた子どもだった。

どうしようもなく、なにもわかっていなかった。

リオンに必要なものは、失った両親を巻き戻すことではなく、彼女を支える存在だった。

それをこのとき知っていれば、あんな地獄のような目にあわせずに済んだのに。

「リオン、忘れて。今からいなくなる私のために、もう苦しまないで。これは私の勝手だ。君が悲しんでいるのが、なにより苦しい私の勝手だ」

ラキスディートは、リオンの思い出から、自分を消していく。

「必ず迎えに来る。少しの別れだ。すぐに生まれ変わって、また君と出会うから。……今の私は、怒《いか》りで君以外のすべてを滅《ほろ》ぼしかねない。君すら傷つけるかもしれない」

ラキスディートは指を噛み切り、リオンの口に自分の血を落とした。

リオンの体が癒《い》えていく。同時に、リオンは緩やかに目を閉じた。

「万能の竜の血でも、死者はよみがえらないんだ……だから、こうするしかない。ごめんね、リオン。私の愛《いと》しい番《つがい》……それでも君を、愛しているよ」

そう言って、ラキスディートがじしんの心臓を貫《つらぬ》こうとした、その瞬間だった。

「――だめ」

目を閉じたはずのリオンが、ラキスディートの腕を掴んだ。

そうして、永遠に見ることは叶わないと思っていた星屑《ほしくず》の瞳が、ラキスディートの胸を射貫《いぬ》く。

「だめ、だめ、ラキス。わたくしを、助けないで」

魔法を上書きするほど強い意志が、ラキスディートにぶつけられた。

――魔法は、意志の力とよく似ている。

それは、大昔の学者が遺《のこ》した言葉だ。

リオンがラキスディートの番《つがい》であり、竜の血を飲んだことも理由だったのかもしれない。

とにかく間が悪く、すべての条件は揃《そろ》ってしまったのだ。

リオンのラキスディートを失いたくないという意志が、ラキスディートの発生させた強人な魔法の渦《うず》を呑み込んで、上から塗《ぬ》りつぶしていく。

「リオン！」

「お願い、助けないで、お願い、あなたまで、行ってしまわないで」

「わかった、だからリオン！　だめだ！」

ラキスディートが叫ぶ。しかし、リオンの感情は、意志は、それを弾《はじ》き返した。

だめだ。そんなことをしたら、ラキスディートはリオンに一切の干渉《かんしょう》ができなくなる。

ラキスディートがリオンを救う方法が、無情にもひとつずつ封じられていく。

そして、時を戻すはずだった魔法は、『リオンを助けない』という、呪《のろ》いのような魔法へと改変された。

魔法を上書きされた代償で、ラキスディートが血を吐く。それでもあきらめたくはなかった。

あきらめられるわけがない。

ラキスディートは、リオンを、守りたいのだ。

「リオン！　助けを、求めて！」

「たす、け？」

「そうだ！　君が助けてと言えば、私はどこにでも行く！　必ず助けに行く！　だから、リオン——助けてと、言って」

目の裏が弾《はじ》けるような熱さとともに、ラキスディートはふっと膝《ひざ》をついた。

魔法が、完成したのだ。

リオンが側《そば》に倒れている。

ラキスディートは、リオンを助け起こそうと手を伸ばした。しかし、ラキスディートは彼女に触《ふ》れることは許されなかった。

呆然としているラキスディートの体から魔力が流れ出る。それは竜の形をとって空中へと立ち上った。

まさか、と思った。

それは、リオンの意志に弾《はじ》き出された、ラキスディートの意志——怒《いか》りだ。

ラキスディートの生み出したそれは、咆哮《ほうこう》ひとつで雷《かみなり》を落とす。

このままだと、この国は滅びてしまう。

ラキスディートは決死の覚悟で、その魔法をもう一度呑み込むことにした。

街が燃え、土地は荒れ、その果てに、ようやくラキスディートはその竜の形をした魔法を吸収した。

そのせいで、ラキスディートはしばらく眠ることとなる。

次に目を覚ましたとき、ラキスディートが見たのは、リオンがすべてを奪われ、義理の家族に虐《しいた》げられている姿だった。

彼女を助けたかったのに、『呪《のろ》い』はそれを許さない。

ラキスディートは竜王国を空《あ》けて、アルトゥール王国でリオンを見守り続けた。

「リオン……頼むから、助けてと、言ってくれ……」

そう願い続けて十年、やっとそれを口にしてくれた。

それは、ラキスディートにとってとても喜ばしいことだったのだけれど。

リオンは未だに、ラキスディートのことを思い出してはくれない。

――それが己《おのれ》の過《あやま》ちゆえということは、ラキスディートが一番よくわかっていた。


「リオン……」

ラキスディートは、泣き疲れて眠ったリオンをぎゅっと抱き締めた。

リオンに「ラキス」と呼ばれたのは、きっと偶然にすぎない。

「リオン……！」

リオンがいるなら、記憶が戻らなくてもいいと思っていた。

けれど、そんなのは嘘だ。

あのときの約束を、思い出してほしかった。幼い結婚の誓いを、覚えていてほしかった。

ひとりで抱《かか》えて生きていくには、大切すぎて、もろすぎて。

――リオン、私の星屑《ほしくず》。

きっと、リオンは知らない。ラキスディートは、リオンがいるから生きているのだということを。

本来のラキスディートならば、どんな残酷《ざんこく》なこともできる。世界を滅《ほろ》ぼすことだってたやすいだろう。

ヒルデガルドを前にした瞬間、湧《わ》き上《あ》がった憤怒《ふんぬ》の感情を思い出す。

ヒルデガルドが生きていることは奇跡に近かった。リオンが止めなければ、ラキスディートはあの場所どころかアルトゥール王国そのものを、地図から消し去っていたに違いないのだから。

どこまでも冷酷《れいこく》な、竜の王。

それでもリオンがいるから、ラキスディートは『人生』を歩める。

「リオン……もう一度、私を呼んでくれないか……」

記憶の彼方《かなた》で、リオンのまぶしい笑顔がラキスディートを振り返る。

腕の中で眠るリオンが、ラキス、と呼んだ。

そんな声が聞こえた気がした。

エピローグ

リオンがアルトゥール王国に行ってから、一か月。

聞いたところによると、あのあとヒルデガルドは、二度にわたり竜王の番《つがい》を害した罪に問われ、捕縛《ほばく》されたそうだ。

彼女はわずかに残っていた信奉者《しんぽうしゃ》を失い、一応は王子の婚約者という立場ゆえに極刑《きょっけい》は免《まぬか》れたが、処刑を待つ囚人《しゅうじん》と同様の扱いを受けているという。

毎日ひとつのパンにすら事欠く有様だというから、かつてのリオンよりずっとひどい暮らしをしているのだろう。

ヒルデガルドのぼろぼろに皮がむけた手を思い出す。

美貌《びぼう》も失い、立場も失い、ヒルデガルドの内面すべてがあらわになったあの国で、ヒルデガルドがどんなことを思って生きているのか、もはやリオンに知るすべはない。

これは、リオンがアルトゥール王国に行かなければ起こらなかった出来事なのだ。そう思うと、やるせなくなる。

けれど、ラキスディートもエリーゼベアトも、竜王国のひとたちは、だれもリオンのことを責めなかった。リオンのせいではない。なるべくしてなったことが、早まっただけだと。

自分は守られているということを、こんなところでも実感してしまう。

リオンはそんなことを思いながら、甲斐甲斐《かいがい》しく世話をしてくれているエリーゼベアトを見た。

「わたくしが、エリィにあんな無理をお願いしなければ、あなたが体調を崩《くず》すこともなかったのに……」

「お姉さまが悪いことなんてありませんわ。あなたが無事でよかった」

しょげたリオンを前に、そう言ってエリーゼベアトは微笑んだ。

エリーゼベアトは、アルトゥール王国から帰ってきてしばらく、体調不良で寝込んでいた。

竜王国の医師は、呪《のろ》いという魔法の一種が、エリーゼベアトを蝕《むしば》んでいたことが原因と告げた。

聞けば、ヒルデガルドの強い意志が、リオンとずっと一緒にいたエリーゼベアトに呪《のろ》いとして巣くったのだという。

エリーゼベアトが、ヒルデガルドと同じリオンの妹という立場だったことも影響したそうだ。

悪いのはヒルデガルドで、リオンに責任はないと医師は言ったが、それでも申し訳なさを感じる。

もうすっかりエリーゼベアトの顔色はよくなり、呪《のろ》いの痕跡《こんせき》はない。

……むしろ生き生きしていて、リオンは目をしばたたいた。そんなリオンの様子に気づいたようで、エリーゼベアトはうれしそうに話し出す。

「私、カルと文通をしているのですわ」

「カルって……あの……？」

「ええ。おそらく、お姉さまのおっしゃっているカルですわ」

エリーゼベアトはそう言って、幸せそうな顔をする。

「カルは私の番《つがい》ですの……あのサクラの生まれ変わり……。帰ってきてくださったのですわ……」

「まあ」

リオンが頬を押さえる。他者の恋模様《こいもよう》を聞くなんて初めてだ。

どきどきと胸を高鳴らせるリオンに、エリーゼベアトは語った。

エリーゼベアトが、ほうほうの体《てい》で竜王国へ帰ろうとした間際、カルに番《つがい》特有の匂《にお》いを感じたらしい。

その上なんと、エリーゼベアトは旧ロッテンメイヤー伯爵邸を買い取って、子どもたちの家として守ってくれるつもりだという。

「アルトゥール王国の法にのっとって買い上げれば奪われることはないですし、させませんわ！お姉さまのご実家ですもの！」

エリーゼベアトは、高らかにそう言った。

エリーゼベアトは、あくまで邸の所有者はリオンだという姿勢を崩《くず》そうとしないが、リオンはその権利をすべて放棄《ほうき》しようと思う。

リオンはロッテンメイヤー伯爵家が子どもたちの新たな家になることがうれしかった。

だから、昔の住人の自分にかまわず、あの家はエリーゼベアトに守ってもらいたい。

今も、エリーゼベアトは定期的に子どもたちの様子を見に、アルトゥール王国へ行っているらしい。

カルはエリーゼベアトに釣り合う男性になるために、毎日勉強と運動を頑張っているようだ。

その姿を想像すると、ふふ、と笑みがこぼれる。

すると、エリーゼベアトが新しい話題を切り出す。

「それより、お姉さま。例の、ハンカチは完成しましたか？」

エリーゼベアトがリオンをのぞき込む。

自分より頭ひとつ分大きいエリーゼベアトが突然目の前に現れて、リオンはびっくりした。

どぎまぎと指と指を合わせながら、そわそわ答える。

「え、ええ……」

リオンは、数日前にカイナルーンの立会いの下、イクスフリードに『おまじない』をかけた刺繍《ししゅう》の方法を学んだ。

「古代の言葉には、魔法が宿ります。『おまじない』を刺繍《ししゅう》などでものに施《ほどこ》すと、言葉に込められた意志の力がそのまま魔法の威力として、そのものに反映するのです」

イクスフリードが言うには、『おまじない』とはそういうものらしい。

イクスフリードといえば、彼とカイナルーンが親子だということを、リオンはそのとき初めて知った。

ふたりの会話を思い出して、リオンははにかむ。

——いやあ、番《つがい》さまは実に覚えが早くて優秀な生徒ですね。

——お父さま！　そうでしょう！　私のお仕《つか》えするリオンさまは、本当に！　本当に！　素晴らしい方なの！

——カイナルーン、いつもいじっぱりなのに、番《つがい》さまのこととなると素直なんだね……お父さまちょっと寂しい……

——む……！　だって、り、リオンさまが素敵な方なのはほんとだもの！　お父さま、いっつも私を仔犬みたいって笑うからいやなの！

カイナルーンは顔を赤くして頬を膨《ふく》らませ、キッとイクスフリードを睨《にら》む。

彼女のドレスの裾《すそ》からは尻尾《しっぽ》がのぞき、ぴたぴたと跳ねて不満を告げている。けれど、内心では父親が大好きなのだろう。

たしかにその様子は喜んではしゃぐ仔犬のようだ。

普段見ることのないカイナルーンのそんな姿がかわいらしくて、リオンは思わず笑ってしまった。

そのあと、笑うリオンに気づいたふたりが揃って不思議そうに首を傾げる様子がまたそっくりで。

リオンは今度こそ、うふふ、と声を立てて笑ってしまったのだった。

楽しい記憶が、またひとつ増えたことが、リオンはうれしかった。

イクスフリードから教わったのは、ラキスディートを危険から守るための言葉。

リオンがそれに意志をのせて祈ることで、『おまじない』になるのだ。

それからというもの、リオンはその『おまじない』をハンカチに刺繍《ししゅう》して、ラキスディートに渡すためにずっと作り続けていた。

それが完成したから、今日、渡すことにしたのだ。

そのためにエリーゼベアトとカイナルーンを呼んで、身支度《みじたく》を整えてもらっているわけである。

「……ラキスは、どんな服が好みかしら」

リオンがぽつりと漏らすと、エリーゼベアトは力強く言う。

「お姉さまが着ているなら、陛下はどんなドレスでも絶賛しますわ」

「もう！　そんなことを言って！」

カイナルーンもリオンの髪をくしけずりながら、くすくすと笑って薄い金髪を揺らしている。

「お綺麗ですわ、リオンさま。本当に、本当に」

頭には青い薔薇《ばら》の飾られたヘッドドレス。それと同じ色のドレスはふんわりとした袖《そで》がリオンの白い手を包み、裾《すそ》が足を隠している。

エリーゼベアトとカイナルーンは、ほうっと息をついた。

「完璧《かんぺき》です。番《つがい》さま」

「ええ、最高の出来ですわ、お姉さま」

やさしいふたりの竜が、笑いながらリオンを部屋の外へ導く。

そして透明な、空がよく見える扉をきいと開いた。

青い薔薇《ばら》の庭に見えるのは、だれより慕《した》わしい白金《はくきん》の後ろ姿。

「ラキスディートさま」

リオンはあふれそうな愛《いと》しさを込めて、ラキスディートの名を呼んだ。

省略しないそのままの名前は、呼び慣れなさがある分、唇を震わせるたびに幸せが込み上げる。

「リオン、どうしたの。珍《めず》しい呼び方をするね」

ラキスディートが差し出した手を、リオンはうれしく思いながら取った。

「あなたに、渡したいものがあって。いいえ、それもあるけれど、なによりあなたの名前を呼びたかったの」

「どうして？」

不思議そうな顔で、ラキスディートがリオンをのぞき込む。

風に吹かれて、前髪が舞い上がった。

黄金の瞳にリオンの瞳が映っても、リオンの幸福な気持ちは揺るがない。

数か月前は、目を見られることがあんなにも恐ろしかったのに、本当に不思議だ。

……ああ、でも。相手がラキスディートだから、不思議ではないのかもしれない。

「わたくし、ね。あなたに、言っていないことがあると思ったの。だから、その……」

ずっと恥ずかしくて言えなかったけれど、言わないといけない。

だって、このためにたくさん練習したのだから。

リオンは、手に握り締めたハンカチを、ラキスディートの胸に押しつけるように差し出した。

「え、あ、リオン!?」

「わたくし、リオンは……ラキスのお嫁さんとして、ラキスを、愛することを、誓います」

最後には小さくなってしまったけれど、聞こえただろうか。

ずっとずっと、言いたかったのだ。

アルトゥール王国に行ったあの日、記憶の壁がガラスのように崩《くず》れた瞬間、リオンはすべてを思い出した。

――忘れてしまったあの十年前の誓いを、やっと思い出せた。

だから、リオンはもう一度、ラキスディートにプロポーズしたかったのだ。

「花冠《はなかんむり》を刺繍《ししゅう》したの。あの日のものを思い出して。ラキスを守ってくれる『おまじない』もしたのよ」

頬が熱くなる。好き、好き、好き。

想《おも》いばかりが膨《ふく》れ上《あ》がって、どうにかなってしまいそうだった。

「――……」

けれど、ラキスディートはなにも言わなかった。いつもリオンを甘やかしてくれるその腕すら、ぴくりとも動かない。

――もしかして、ラキスは忘れているのかしら。

急に不安になって、リオンはラキスディートを振《ふ》り仰《あお》ぎ――目を見開いた。

黄金の瞳が丸くなって、リオンを見つめたまま動かない。

その目からは涙があふれて、けれど瞬《まばた》きすらせずに、ただただリオンを、リオンだけを見つめている。

「どうしたの、ラキ……ッ！」

いきなり抱き上げられて、胸に押しつけられ、リオンは言葉を途切れさせた。

リオンはラキスディートよりずっと小さいから、完全に足が浮いてしまう。彼の腕の力が強くなり、苦しくなる。

でも、嗚咽《おえつ》が聞こえて、リオンはなにも言うことができなかった。

リオンは、ラキスディートの白金《はくきん》の髪に指を滑《すべ》らせる。

やさしくくしけずるように撫でて、ごめんなさい、ラキス、とつぶやいた。

ラキスディートは、きっと、ずっと、リオンの記憶が戻る日を待っていた。

思い出す可能性のほうがずっと小さかったはずだ。

リオンが今、幼い頃の記憶を取り戻しているのだって、過去と決着をつけたから起きた奇跡みたいなものなのだ。

ラキスディートは今まで、昔の思い出話をしたことがない。

それは、過去の辛《つら》い記憶で苦しむだろうリオンを思いやってくれたから。リオンの傷を愛情で覆《おお》い、癒《いや》してくれた。

ラキスディートは、リオンが彼のことを思い出せるくらい強くなれると信じて、過去の傷を乗り越えられると信じて、待っていてくれたのだ。

リオンは、それに気づいて、ゆっくりと息を吐いた。心臓がうるさくて、どうしようもない気持ちになる。

自分は目の前のこの竜を心から愛しているのだと、改めて自覚した。

「わたくし、自分で思うより、ずっと忘れっぽかったみたい。ごめんなさい。思い出すのに十年もかかってしまって」

「君はなんにも悪くない。悪いのは、君を助けられなかった私だ」

ラキスディートは、何度も首を横に振る。

リオンはそんな彼が愛《いと》しくて、微笑みを浮かべた。

「ラキスだって悪くないわ。わたくし、ラキスを失うのが怖くて、危険な目にあってほしくなくて……傷ついてほしくなかったから、助けないで、なんて言ってしまったの」

「それは君のやさしさだ」

ラキスディートが涙交《なみだま》じりで紡ぐ言葉につられて、リオンの声にも水気が交《ま》じる。

「ラキス、助けてくれてありがとう」

不格好な声が、ラキスディートに降る。星のように、ラキスディートを照らしていく。

「リオン、生きていてくれて、ありがとう」

ラキスディートは夜の闇のような声で、やさしいぬくもりでリオンを包み込む。

夕焼け空はいつしか、深い青へと変わっていた。

見上げると、群青《ぐんじょう》の空に無数の星屑《ほしくず》がちりばめられていた。静かに、けれどたしかに輝きを放って瞬《またた》いている。

「ね、ラキス。あなたの空だわ」

「夜空か。なら、空にはリオンもいるね」

「星屑《ほしくず》？　ふふ、なら、きっとあの空は、わたくしたちなんだわ」

ラキスディートの髪が風に吹かれて、リオンの頬に触《ふ》れる。

くすぐったくて笑うリオンを見つめたまま、ラキスディートが言った。

「リオン、君の目を見せてくれるかい？」

リオンはゆっくりと瞬《まばた》きをした。

ラキスディートが緊張した面持《おもも》ちで待っているのが、なんだかおかしくなる。

「ラキスになら、いいわ」

まだ、ひとと目を合わせることへの恐怖が消えたわけではない。目を隠したまま、ずっと生きていくかもしれない。

けれど、ラキスディートに目を見せることは、怖いと思わなかった。

だから、リオンは笑った。これ以上ない、幸福な笑顔で。

ラキスディートはリオンの額《ひたい》に手を当て、長い前髪をふわりと払いのける。

ラキスディートの瞳に、リオンの目の中にある星屑《ほしくず》が映った。

ほら、やっぱり、怖くない。

リオンの笑顔を見て、瞳を見つめて。ラキスディートは、唇を震わせた。

泣きそうな顔で、確かめるように何度も何度も手のひらでリオンの頬を撫でた。

「ああ、やっぱり。君の瞳は、星屑《ほしくず》の瞳だ。……リオン、君だけが私を照らしてくれる。君が、私の星だ」

「なら、わたくしの夜空はあなたね、ラキス。わたくしの居場所。ここが、わたくしのいたい場

所よ」

リオンの華奢《きゃしゃ》な体を、ラキスディートがいっそう抱き締める。

あまやかな青薔薇《あおばら》の香りが風に吹かれて、リオンとラキスディートを包み込んだ。

けれど、その香りを楽しむことはあまりできなかった。

ラキスディートの唇が、リオンのそれをふさいだからだ。

触《ふ》れるだけのキスをしたあと、リオンが微笑みとともに尋ねる。

「プロポーズの返事は？　ラキス」

ラキスディートは黄金の瞳を幸せそうに細めて、愛《いと》しさで満ちた言葉を返した。

「誓うよ、リオン。これから幾百、幾千、幾万の時が流れても、私には君だけだ。永遠に、永遠に、君を、だれよりも愛している」

さあっとそよ風が吹く。それは、リオンの熱くなった頬を冷ましてくれた。

きっとラキスディートにはばれているだろう。リオンが今、震えるほどにうれしくてたまらないということが。

幸せでどうにかなってしまいそうだ。

けれど、これは夢や幻《まぼろし》なんかじゃない。リオンにはたしかにわかっていた。

この胸にいっぱいのラキスディートへの恋が、愛が、それをはっきり感じさせてくれる。

「わたくしも――あなたを愛しているわ、ラキス」

好きで、大好きで、愛《いと》おしくて。この世界でこんなにも大切に想う相手がいることが、幸せだと思う。
夜空を照らす、星屑《ほしくず》のように。星屑《ほしくず》を抱《いだ》く、夜空のように。
竜が幾万の時を生きるなら、きっとこれは、永劫《えいごう》に語り継がれる甘い恋の物語だ。
かつて虐《しいた》げられていた、白金《はくきん》の髪を持つ竜の王に愛される、幸せな少女の話。

RC Regina COMICS
自称 悪役令嬢な婚約者の観察記録。
1~4
シリーズ累計 35万部突破!!
(電子含む)
原作=しき
Presented by Shiki & Natsume Hasumi
漫画=蓮見ナツメ
アルファポリスWebサイトにて 好評連載中!!
自称 悪役令嬢な婚約者の観察記録。
ついにギャフンされる時が…って、どうして プロポーズされてますの!?
大好評発売中!!
＼異色のラブ(?)ファンタジー／
待望のコミカライズ!
優秀すぎて人生イージーモードな王太子セシル。そんなある日、侯爵令嬢バーティアと婚約したところ、突然、おかしなことを言われてしまう。
「セシル殿下! 私は悪役令嬢ですの!!」
……バーティア曰《いわ》く、彼女には前世の記憶があり、ここは『乙女ゲーム』の世界で、彼女はセシルとヒロインの仲を引き裂く『悪役令嬢』なのだという。立派な悪役になって婚約破棄されることを目標に突っ走るバーティアは、退屈なセシルの日々に次々と騒動を巻き起こし始めて——?
アルファポリス 漫画 検索
B6判 / 各定価:本体680円+税

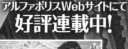

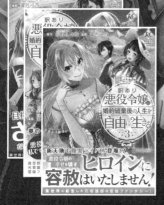

この作品に対する皆様のご意見・ご感想をお待ちしております。

おハガキ・お手紙は以下の宛先にお送りください。

【宛先】

〒150-6008 東京都渋谷区恵比寿4-20-3 恵比寿ガーデンプレイスタワー8F
（株）アルファポリス　書籍感想係

メールフォームでのご意見・ご感想は右のＱＲコードから、
あるいは以下のワードで検索をかけてください。

アルファポリス　書籍の感想　検索

ご感想はこちらから

本書は、「アルファポリス」（https://www.alphapolis.co.jp/）に掲載されていたものを、
改稿、加筆のうえ、書籍化したものです。

婚約破棄《こんやくはき》された目隠《めかく》れ令嬢《れいじょう》は白金《はくきん》の竜王《りゅうおう》に溺愛《できあい》される

高遠すばる（たかとお すばる）

2020年 8月 5日初版発行

編集－中山楓子・宮田可南子
編集長－太田鉄平
発行者－梶本雄介
発行所－株式会社アルファポリス
〒150-6008 東京都渋谷区恵比寿4-20-3 恵比寿ガーデンプレイスタワー8F
TEL 03-6277-1601（営業）03-6277-1602（編集）
URL https://www.alphapolis.co.jp/
発売元－株式会社星雲社（共同出版社・流通責任出版社）
〒112-0005 東京都文京区水道1-3-30
TEL 03-3868-3275
装丁・本文イラスト－凪かすみ
装丁デザイン－AFTERGLOW
（レーベルフォーマットデザイン―ansyyqdesign）
印刷－図書印刷株式会社

価格はカバーに表示されてあります。

落丁乱丁の場合はアルファポリスまでご連絡ください。

送料は小社負担でお取り替えします。


ISBN978-4-434-27641-5 C0093